「…………屍體？」
「嗯嗯，那個應該是死透了沒錯。」
小麻洋洋得意地，
宛如只是
小事一樁似地
說出不得了的大事。
我覺得自己也快死了。

「好涼好舒服。」
「因為熱度都集中到心去了。」
長瀨發出「哈哈哈」
似笑非笑的笑聲。
……一個失神
就營造出
不錯的氣氛。
我挪開長瀨的手，慌張地把右手縮回。
「失禮了，這裡是禁止接觸的廣場。」
「你說話還是一樣很怪耶。」
長瀨的心情
並沒有因此變差，
反而變得很開心。
「幹嘛啦！」
「原來你還在意我喔？」
看起來不像嗎？

為了我自己，再幫麻由一把吧，讓小麻脫離現狀。

說謊的男孩與壞掉的女孩 2

善意的指針是惡意

事情經過「看到某人因為某人而失去的東西」

屍體在想什麼呢？

看著這具似乎會回話的屍體，腦中突然浮現這個疑問。

室內彌漫讓鼻子刺癢的強烈惡臭，以及一股冷到似乎能讓剛滴下的鮮血立刻凝固的寒氣。這絕非舒適的環境，待在這種地方難道不會覺得憤恨不平嗎？

以我個人的看法，希望可以排除反正人都已經死了或是反正不用錢這兩個理由，要躺當然還是在他的懷裡好。即使肉身已腐敗，還是希望可以被他緊緊抱著。不過立場若相反就免談了。

屍體呈標準坐地抱膝的姿勢，就算換上運動服也不會覺得不搭，屍體的主人是大概用雙手就可以數出年紀的女孩。即使把手伸到面前，她也不呼吸；不睜眼。本想伸手……觸摸她的脖子看看是死是活，但最後還是決定將手縮回，因為擔心萬一留下指紋，將來可能有一堆麻煩事。不過至少我有想過要測一下她的脈搏。

總之，我眼前的確有一具一絲不掛；全身赤裸的屍體。

該怎麼辦好呢——？

因為被殺才變成屍體。不管是因為疾病、自殺、時間，總有死亡的原因。

其中問題最大的就是──他人製造的屍體。一般百姓如果目擊這種屍體，通報警察是義務，可是；但是；不過……

……嗯──

我按著太陽穴發出嘆息並不斷呢喃，邊做伸展運動驅寒邊思考。

……腦海突然閃過一個念頭。

啪地一聲，在不打破寂靜的前提下，我拍了拍手。

就當作沒看到吧！

我那總是儘可能避免麻煩事的大腦，看來也和一般人沒兩樣嘛。一切決定都是為了讓自己的行為正當化。

要是被警察盤問會遇上頭大或討厭的事，就當作這一切都沒發生，離開現場吧！啪。

我打著呵欠，祈禱善心人士發現屍體的那天到來。啪。

心想著──回家吧回家吧，我轉身背對屍體。

我還活著，活人還是該睡在床上。

……不過。

今晚的月色很美，要我替妳制裁犯人當參觀費也行。開玩笑的。

第一章「持續的結束」

爸爸和媽媽都有工作，他們看起來總是很忙。

所以幼稚園放學時，住隔壁的男孩子總是會來接我一起回家。

那個男孩子像哥哥一樣握著我的手。

「媽媽回來之前，我可以待在阿道的房間嗎？」

我叫那個男孩子阿道。

不過其他人都叫他道真，所以只有我是特別的。

「可以啊，不過要先告訴妳媽媽喔。」

阿道把大大的眼睛瞇成一條線，對我露出笑容。

我喜歡阿道這樣的表情。

我也喜歡他在這之後會摸摸我的頭。

阿道好溫柔，我好喜歡他。

可是他卻……

皮削好了。

現在，病房內頭部裹著繃帶的御園麻由，在我躺著的病床旁剛削完蘋果的果皮，不過這沒什麼好提的。這顆蘋果並不是前來探病的人送的，而是麻由自掏腰包買的。雖然並不是沒有人送我探病時必備的蘋果，不過無所謂，就隨她吧！不過這是題外話。

麻由將連成一線的紅色蘋果皮放在平盤上，改用拿雕刻刀的握法拿水果刀。「你想要我刻什麼？」她客氣地詢問雕刻的內容。我制止一向負責思考的腦袋，選擇尊重嘴巴的自主權：

「鏡子裡的蘋果。」

「…………？」

小麻一陣納悶，看不下去的腦袋丟出指示：

「傘蜥。」

「不要。我討厭阿道以外的生物。」

喉嚨嚥下「那改成照出蘋果的鏡子」，這種又會讓麻由頭上冒出一堆問號的答案。

「就交給小麻自己發揮吧！」

聽到住院期間吃蘋果之前的慣例語句後，麻由便開始作業，她輕鬆地雕刻著蘋果，就好像刀子是自己指甲的延伸一般。從麻由的靈巧舉動看來，與其稱讚她手巧，不如稱讚她擅長使用刀具比較切合事實。

在等待以蘋果為材料的創作品完成的期間，我看著的是麻由的頭而不是手。我察覺繃帶是全新的，是今天早上換的嗎？

「…………………………」

從和宿敵的死鬥至今已經過了不到一年的十二分之一，先別管這樣的表現方式有點誇張，其實會變成這樣有一半應該是我自作自受。因為是我自己找他吵架，所以才說一半，不過這種說法對菅原有點失禮吧？總之，我被菅原搞到受重傷，現在只好享受鬧到發悶的住院生活（現在還沒有徵兆顯示那個傢伙已經恢復幼年期記憶，不過這又是另一個題外話）。

室外的氣溫冷得讓人屏息，讓呼吸染上白色好凸顯自己存在的季節已經到來。我左手腕的固定器已被拆除，醫生也允許我使用丁字枴行走，整天躺在床上讓麻由照顧的日子終於結束了。在她「啊——」的一聲令下張開嘴巴的用餐景象已不復見，不過其實我是個右撇子，根本不需要她餵我吃東西。

言歸正傳。現在窗外已是枯木雜亂排列的冬季景像，對住院中的我來說，這是生活環境裡唯一改變之處。除此之外就只有同病房的患者多少和剛住院時不一樣，以及偶爾出現的訪客，能讓安穩又墮落的生活表面掀起一陣漣漪……啊啊，說到訪客——

兩個禮拜前，麻由的祖父母曾來探望我。麻由的祖父打扮講究，具紳士風，熟練的高雅動作就像從高中時期開始綽號就是老爺爺似的，是一位名副其實的老人。麻由的祖母則有著緊緻不鬆弛的肌膚及頭髮，簡直就像打從學生時代就沒變過……以下省略。

因為我之前從沒見過他們，一開始還驚訝地詢問他們是誰，直到麻由的祖父告訴我他姓御園之後，我才搞懂狀況。

「久仰久仰。」「你聽麻由提過我們？」「一次也沒聽過。」「我想也是。」

就像事前早已經安排好對話內容，我們之間的對話十分流暢。聊了幾句和我傷勢有關的客套話後，麻由的祖父一句「今後你對麻由有什麼打算？」根本是追問的問題為這段對話畫下句點。雖然心想現在正是說「請把您的孫女交給我」的時機，不過眼前彌漫著一片對方不是可以開玩笑的老先生的濃厚氣氛，所以我選擇了「我會儘可能地幫助她」這種老套到不行的回答。麻由的祖父在那之後只問了一句話，五分鐘後兩人便離開了病房，麻由的祖母自始至終都沒有開口，也沒和我打招呼。

另外還有脫下白色診療服的戀日醫師板著臉出現，連續揍了我七次（拳頭四個、巴掌三個），丟下一堆陳年醫療漫畫當探視品之後就走人，我把她的行為解讀為要我學會生命的重要。其他訪客還有御園麻由，不過她並不是來探病的。

麻由一聲「好了」，把小刀放在邊桌上，將盤子遞給我。

盤子上是一顆中間部位被削細，看起來像兩個丸子堆在一起，而且上面滿是手垢的蘋果倒放著。這次換我感到納悶了。

「這是什麼，葫蘆嗎？」

「雪人。」

製作者若無其事地這麼說。

……嗯，哎呀，雪人不算是生物吧？不過我什麼都沒說，感激地收下這顆蘋果，直接用牙齒大口咬了起來。

「好吃嗎？」

「嗯，超好吃，小麻的手垢還幫蘋果提了味呢！」我若無其事地說出這句可能會害我被關進精神病院的感想，不過看到麻由露出開心的笑容，我就知道這句話說得有價值。

「小麻也要吃嗎？」「嗯。」

麻由直接湊了過來，在蘋果的另一面咬了一口，咀嚼了起來。喀滋喀滋的咀嚼聲，吸引同病房其他病患的視線，隔壁病床的度會先生稍微向後退了一些。

……真奇怪，我們做的事就像用兩根吸管同喝一杯茶的戀人，但卻好像有什麼地方不同。兩人的雙眼明明這麼貼近，但與其說像是戀人間的甜蜜時刻，還不如說比較像正在啃食房屋的白蟻耶？喀滋喀滋。

正當我在研究劃時代的蘋果新吃法時，走廊上傳來推送餐車的聲音，而且那道聲音正朝這裡接近，僅僅如此，我的腸胃就知道吃午餐的時間到了。

接著病房的門被打開，送午餐來的是隨時隨地都情緒高亢的女性，為大家帶來朝氣以及些許的疲勞。

「什麼情侶嘛！我覺得你們看起來根本就是笨蛋，給我吃飯啦！」

護士小姐的語氣雖然帶有一絲不悅，但臉上卻掛著微笑。

我們依照她的指示把蘋果放回盤子上，接過兩人份的餐盤。

沒錯，她連麻由的份都給了。當然，這裡並不是麻由的病房。

不過醫院都會儘可能實現病患的要求。

沒錯，麻由現在也在這間醫院住院。

麻由的頭上裹了好幾層全新的繃帶，不用想也知道是因為受傷才包的，因此她住院的目的理所當然地是為了療傷，而不用說也知道她的傷是自虐行為所造成。

麻由似乎用花瓶打傷自己的頭並自行前來醫院，滿身是血地聲稱要住院。

因為我告誡她別每天來醫院探視我，偶爾也該去學校上課。

所以她用她的方式思考，導致做出那樣的行為。

麻由用自己的方式盡了最大的努力。該讚揚她的努力——我根據這個在我胸膛中鼓動的想法大為讚揚——不過當然是騙你的。即使是我，為此也難得反省了一番。

麻由喊著「阿道」，拉扯我的衣袖讓我回神。

「幫我吃這個。」

麻由皺著眉把玉米沙拉遞給我，麻由的好惡很分明。

「交給我吧。」

我接過沙拉，朝小盤子裡看了三秒，決定姑且先把沙拉放在餐盤上。

我的好惡其實也很分明。

如果把沙拉給長期住在隔壁病床，個性厚道到死時可能會把色情書刊當成遺產給我，名叫度會的那位老爺爺，他會爽快地幫我吃掉。不過有護士在場我沒辦法這麼做，因為她就像極端討厭有人不把東西吃光的學校餐廳阿姨。

所以最近我都等護士送完餐離開病房再偷偷丟掉，雖然每次都會被超怕浪費食物而遭天譴的度會先生看到，然後他會說「要丟掉不如給我」並把東西吃掉，而我也從不阻止。

從打開的房門看到走廊上有兩個穿西裝的年輕人跑過，在醫院走廊上奔跑竟然不會被罵，這讓我對他們的立場有些好奇。

我這才想起今天早上開始醫院上下都很吵鬧浮躁，於是向護士詢問這件事：

「怎麼覺得醫院有點吵鬧，是發生了什麼大意外嗎？」

「嗯——？有個患者從昨天早上就行蹤不明，所以大家都在找。」

「……失蹤？」

「患者神經質的父母鬧上警局，所以警察就乖乖地來我們醫院巡視。不過我覺得那樣會妨礙我們工作……」

她大罵著，把餐車推出病房，在用手關上房門時補上一句「要吃光喔——」

……行蹤不明的患者嗎？

總覺得這個城鎮漸漸染上一股比泥巴還要腥臭的味道，真令人擔憂。

「喂。」

麻由拉了拉我的袖子，我轉頭，看到她漂亮的臉蛋掛著愁眉苦臉的表情。

「怎麼了？」「我討厭剛剛那個女的。」

麻由低聲，毫不修飾地說出她的厭惡感。

這和對戀日老師的負面情感又有點不同，是發自生理的排斥感。

「是喔，她有惹妳生氣嗎？」

「沒什麼，我只是覺得最好不要和她說話。」

麻由雖然沒有任何根據，但語氣卻毫不猶豫、動搖。我回了句「知道了」，姑且表示接受麻由的忠告。

接著，麻由手上的筷子夾著燉煮的食物，朝我的嘴邊接近。
麻由維持一本正經的表情，「啊———」地命令我張嘴。
其實一切並沒有結束。
「……妳看，我的手已經可以動了……」「張開嘴巴～」「啊……」
結果我像個笨蛋一樣張大嘴。
結果，我還是繼續扮演「阿道」的身分。

有一名患者行蹤不明。
這件事一開始並不對我造成任何困擾。
但幾天後發生的事實在太具衝擊性。
長瀨透出現在我的眼前。

長瀨透和我同年級，是個印象和名字天差地遠的女高中生。我們一年級的時候同班，曾有短暫期間是情侶，她是我的前女友。
午後，沒有睡意的我在麻由身旁從漫畫中學習醫療的偉大以及關於版稅的事，認出來訪者竟然是已經一年沒有連絡的人之後，我驚訝地臉色發白。

穿著制服的長瀨以緩慢的步伐逐漸拉近距離，同病房的高中生和中年男子，眼神全都跟著她走，我聽到某人這麼抱怨「又是女的來探病喔——」順道一提，我住的是四人房。也就是說一共有我、度會先生、看似輕浮滿臉豆花的高中生，還有一個沉默寡言的中年男子。

長瀨站在我的正前方，露出和一年前稍微不同的笑容。

「嗨啦！」

那是曖昧又沒有距離的笑容。

我現在正處於無法讓眼睛冷靜分析這種笑容的精神狀態，因為心理過於緊張而導致內臟受到壓迫，害我現在嘴裡充斥著一種彷彿要吐出胃液的酸味。而她和過去一點也沒變的口吻，讓狀況更加嚴重。

為什麼？我說出這三個字好阻止喉頭直冒酸水。如果是長瀨的妹妹來探病我還能理解，可是她為什麼要出現在我的面前？學校的老師到底有沒有好好教學生啊？

「……長瀨同學？」「不是啦。」「透？」「現在不是啦。」

長瀨蠕動嘴唇說著約定兩字。啊，我懂了我懂了。

「你臉色很差耶。」

「突…突然不太舒服。」

長瀨把手掌往裙子上擦了擦，步伐不太靈活地繞到病床旁。就在此時她似乎發現正把我的手當抱枕睡覺的麻由，眨眼的速度突然提昇不少，而被麻由壓著的我也冷汗直流。如果麻由現在醒來，要我的命可能比踩扁路邊雜草還簡單。

「去外面聊吧！」

我這麼提議後，不等待長瀨回應就直接起身準備外出。我放下漫畫並謹慎地移開麻由的手腳後拿起丁字楞，在左腳套上比腳大上一號的超大拖鞋，穿上一點屁用也沒有的防寒外套，幾乎以競走的氣勢火速離開病房。在病房門口回頭朝房內一看，看到把棉被當摯友的度會先生臉上浮現茫然以及沒有惡意的驚訝目送我們離開，似乎是被我的女性關係嚇到了。騙你的。好，我終於漸漸恢復了平靜。

長瀨毫不匆忙、輕輕鬆鬆地跟在我身旁。

「我不趕時間啦。」

客觀地看著我慌張的樣子，反而讓她更加冷靜，從聲音都可以聽出她的從容。

「妳以為是誰害我得這樣的。」

「我不認為是我害的啦。」

她丟了個落落大方的回答給我。我只撇了她一眼，什麼也沒回答。

「不過，如果要出去外面談，我原本還期待你是不是至少會借我一件上衣禦寒哩。」

長瀨表裡如一的失望語句裡暗藏些許惡意。

不過我不管是意識、情緒或腦袋都沒有反應，情感也是。

「喔？怎麼一副難為情的表情。我只是來探病，要你擔心我還真是不好意思啦。」

就是啊！如果妳今天有乖乖上學，難道不會自己準備上下學穿的保暖衣物嗎？我在內心悄悄精製了一杯加入一匙惡意的吐槽。

走到走廊盡頭的樓梯時，我煩惱著該往上還是往下。最後做出的結論是往上或下並沒有太大差別，因此決定上頂樓。不知道是擔心還是因為看不下去撐著丁字枴的我每爬一階都得花上一點時間，長瀨展現親切的態度問道「要不要我幫忙？」但是我慎重地加以拒絕，不過通往頂樓的門是長瀨開的。

這是我在住院生活期間第二次上頂樓。這個醫院佔地中最接近宇宙的地方，有蕭條的黃綠色長椅和大量洗好的衣物曝曬在冷風中，而現在又多了兩個人一起曝曬在冷風裡。雖然頭頂上是一片晴朗無雲的青空配上一輪太陽，降下的卻是讓人全身發抖的寒氣。這裡除了我們之外當然沒其他人，所以這樣正好。

「好冷啦。」

長瀨吸著鼻涕訴說她的不滿，裙子底下的大腿緊緊黏在一起。

「不能去咖啡廳嗎？就算只給我水，我也願意忍耐啦。」

「不行，要是被朋友知道，臉就丟大了。」

「你是剛進入思春期的國中生嗎……」

長瀨有些不悅地放棄這個念頭，和我比鄰坐在長椅上。長椅支撐兩人的重量，誇張地吱吱作響，長瀨的屁股坐下時發出的聲響比較大，應該是我的幻聽吧？

我深吸了一口氣，讓肺部充滿宛如含有冰粒的寒冷空氣，努力把堆積在體內如惡膿般的勞累全吐出來。我重複幾次這樣的動作後，僵硬的四肢回到放鬆的狀態。

長瀨看到我恢復冷靜，於是開口：

「看到透沒事就好了。」

長瀨透都叫我「透」，而妹妹長瀨一樹也學姊姊叫我「透」。從我們開始玩起交換名字的遊戲到現在，她們似乎都沒改變這個習慣。

××和透，這不適合彼此的名字，是打破僵局的關鍵。

「妳聽一樹說的？」

「嗯」，長瀨點頭。

長瀨的妹妹長瀨一樹（這傢伙很喜歡自己的名字）是這間醫院的常客，不過她並不是一個身體虛弱的小孩。她學習多種運動以及空手道等，所以經常在練習中骨折或扭傷，現在也為了治療左手傷勢而住院。因為我們彼此認識，所以我住院後也和她見過好幾次面。

明年就升五年級，所以和浩太同年。

那兩個孩子不知道有沒有開心地上學？

「對了，你是怎麼受傷的呀？」

長瀨看著隨風飄揚的床單和毛巾發問。

「我想空手打破夜晚校舍的玻璃卻失敗，連腳也踩到玻璃碎片。」

「遜斃了——」

那是一點也不相信，毫不親切的冷淡語氣。

微風迎面吹來，長瀨身上的香水味讓我的鼻子微微發癢。

「那麼，找我什麼事？」

乾燥粗糙的嘴唇和緊縮的喉嚨阻礙我發出聲音，這句話不知道有沒有被風吹散，有沒有好好傳到她耳裡呢？

「什麼事？我只是來探望你的啦。」

長瀨不爭強也不畏縮，只是這樣回答我。

「現在這個時候才來？」

「現在才來？透好像是一個多月前住院的吧，我太晚來了嗎？」

「我不是那個意思……啊，我指的是我們之間的關係啦。」

只有我一個人感到尷尬嗎？

「一年左右……」「一年一個月又十二天。」長瀨有嚴守正確的怪毛病，一找到機會就要糾正我。「……應該有隔那這麼久沒見了吧？甚至都已經沒有通簡訊或電話，完全斷絕聯繫的妳竟然突然出現在這裡，我當然會起疑心啊。」

「是喔，你希望我打電話給你？」

長瀨似乎覺得很有趣的觀察著我的表情，我毫不猶豫地回答：

「還喜歡長瀨的時候或許是這麼想過。」

要是現在讓麻由的水果刀刀尖從蘋果轉移到我身上，那我受這些傷的意義不就沒了？也沒臉站在對我伸出援手的妹妹的母親面前。我對身為阿道的意義、命運以及必定的偶然所做出的大吹大擂也會難以收拾，所以我現在不得不說謊。

開朗的神情從長瀨的臉上流逝，我不禁想到這是不是就是人際關係所謂的「踩到地雷」，我十分擔心地雷會不會爆炸。

不過長瀨卻只是用低聲，但不是自言自語的音調呢喃著「用的全都是過去式嗎？」表面上地雷並沒有爆炸。

「可是，我們有好好談過分手嗎？」

長瀨湊了過來，表情突然從鬱悶轉為開朗，掛著調皮笑容的她身上的香味逐漸接近，讓我的內心有點紛亂。

「記憶中我們並沒有沒談分手。」

「你講話還是一樣拐彎抹角耶。」

「……妳現在這樣講也無濟於事。」

長瀨說了句「我知道」，縮回身體，接著因寒風而發抖。

「我想回室內啦。」

「走吧。」

為什麼非得待在這種寒風中呢？真是的，去會客室不就好了。

為了消除彼此心中相同的不滿，我們逃離了頂樓。

說起來，頂樓——我和一名年輕女性待在頂樓啊——

「喔？你的臉色又變差了，你在玩紅綠燈遊戲喔？」

「還是小雞時的記憶突然閃過我的腦海。」

「啥……透真是個難懂的男人。」

長瀨在階梯平台上說出這句不負責任的感想。

「又要談分手的事？」

「才不要，我不是說我知道了嗎？」

她嘴上雖這麼說，但是口吻和嘴角都老實地透露出她還沒有接受這個事實，即使現在也好像隨時會踢飛我的丁字杖解悶似地，焦躁的表情毫不掩飾地表現在臉上。

當平安走下樓梯時，我因安心而放鬆肩膀。

長瀨從原本和我保持的微妙距離向前跨了一步。

「要回去了嗎？」

「我也得去一樹那裡啊，畢竟現在有點不安。」

「不安？不安什麼？」

「你不知道嗎？和一樹同病房的人失蹤了。」

……啊啊，就是昨天護士說的那個行蹤不明的人嗎？

「那傢伙雖然早就習慣住院，卻還是會怕，到現在晚上還不敢一個人上廁所呢。」

「人至少都有一件害怕的事呀，像我就很怕欠錢。」

「沒有夢想的恐怖嗎……」

這時長瀨終於對我露出酷似往昔的笑容。

我和長瀨之間凝重的空氣終於緩和了一些。

長瀨用鄭重其事的姿勢面對我。

「如果你那麼不喜歡，我就不會再來了啦。反正我主要是來看一樹。」

「……並沒有非常不喜歡。」

「那我說不定會再來。」

她露出天真爛漫的微笑，其實根本不想讓我拒絕吧？

「幫我和小麻打聲招呼。」

長瀨說完，便三步併兩步地走下樓梯。

我目送她離開時才驚覺。

小麻？

「……她從哪聽來的？」

那句話到底有什麼意思？

回到病房，看到麻由睡眼惺忪地望著窗外，隔壁病床的度會先生說身體不適，卻不接受檢查只蓋著棉被睡覺，這個人到底是為什麼入院的呢？

「啊……你上哪去了？」

大概因為才剛起床，說起話有些精神不濟，我在椅子而不是在床上坐下，編造了一個「去廁所」這種可能馬上會露出馬腳的謊言，不過卻沒看到麻由有什麼特別的反應，只是口中喃喃念著聽不懂的話語。

「小麻差不多能出院了吧？」

我觸摸麻由的繃帶及髮絲，她總是抱怨著一定要洗頭，所以每晚都會擅自拆下繃帶，洗完頭以後再由我幫她重新把繃帶綁回去。老實說，她的頭髮就算是拍馬屁也沒有美到能被當作世界遺產般美麗。

「阿道好之前不能出院。」「別逞強啊。」「在那之前不出院。」

她鼓起腮幫子，毫不掩飾地鬧起彆扭，接著還把棉被拉到頭頂蓋住全身，像個小孩子一樣拒絕繼續說下去。

「小麻，這是我的床耶。」

就算搖晃麻由的肩膀，她也毫不理會。

我開玩笑地將手伸進棉被搔她的腳底，麻由對這動作十分敏感，不斷跺腳呻吟。我的漁業魂被她的新鮮度和活力感化，把其他的遠大志向全都燃燒殆盡，不過我很難聯想到自己會因為這個志向而從事遠洋漁業，所以並不覺得這有幫到什麼大忙。現在連我自己都沒辦法判斷什麼是真，什麼是假了。

我繼續搔癢，同時想著長瀨。

和她之間的回憶並不全是痛苦的。

幾天後，麻由頭上的繃帶由醫生拆下。

然後又裹上多了一倍的繃帶。

麻由住的病房是單人房，備有專用浴室，連電磁爐都是病房附屬設備之一。住房費用和住院費分開計算，一晚的費用是日幣一萬五千圓左右，我認為是十分不合理的價格。之所以設定這個價格，是為了讓人們感慨原來世上真的有這種有錢人，不過沒想到那種價格的房間竟然真的有人會使用，讓我不禁為世界的深奧難解感到訝異和驚嘆。

我就在那間一輩子也不可能住進去的病房裡獨自發呆。

病房內被暖色系的色彩環繞，和以淺白色為基調的醫院宛如禮拜一和禮拜五般天差地遠。暖氣的運作聲撼動耳膜，勾起人的睡意。

我在床尾坐下，伸長雙腳打發無聊時間，而住在這間病房的患者麻由，被警察以被害者的身分半強迫地接受警方的詢問，我就像隻忠犬焦急地等待她的歸來。騙你的。

「……………………」

今天早上，麻由的頭部再次遇上花瓶，她竟然大白天的在這間寢室裡因傷滿身是血，不過這次依舊沒有昏厥，自己步行尋找醫生接受治療。

不過有一點和上次不同。

這次的傷是他人造成的，為我說明情況的醫生是這麼說的。

我還沒碰到頭上多了一道新傷的麻由。

而我就像隻討食物吃的忠狗般等待她的歸來。

我用丁字杖敲打地板，撞擊聲並沒有大到能在病房內迴響。

第一道傷是她用自己的手，拿沒有花的花瓶砸傷自己頭部所造成。

不過這次卻是別人的手，拿著插有盛開龍爪花的花瓶朝她額頭上方砸下所造成。

我又朝地板敲、敲、不斷地敲。

「真是的，她在搞什麼啊？」

可以欺負麻由的只有我。

「……騙你的。」

因為不會欺負麻由的才是阿道。

哪天要是遇到犯人，該表現的憤慨程度大概是從懷裡拿出漢摩拉比法典左右吧！

左右拉動式的房門突然被打開，我迎接的是掛著笑容的訪客和冰冷的空氣，這兩者把我剛剛的想法給打散。

「呀──是阿道耶──」

那是好像魔笛、鼓笛般毫不膽怯的笑聲。

我也直率地回答「好久不見了，小傑羅。」

「如果你討厭小麻以外的人叫你阿道，那就多用一點表情來表現喔。」

「謝謝妳的忠告，要是真的不喜歡我會舉起右手發言的。」

上社奈月不客氣地走近。她散著頭髮，身穿長袖針織上衣配格子花紋的圍巾，脖子上的圍巾長得誇張，讓人懷疑會不會不小心被勒死？她的外表和實際年齡不符，什麼打扮都挺適合的。

她一屁股坐到我身邊。

「今天不是穿橫條紋囚犯裝啊？」

「那是決勝負的時候穿的。」「原來如此。」

那天是要跟誰決勝負呢？警衛嗎？

奈月小姐的臉就在我的眼前，她的嘴唇散發著光澤，肌膚也毫不乾燥。

「是先來評估住院環境嗎？」

「抱歉辜負你的期待了，我只是來看阿道的。」

有個美女姊姊對自己這麼說，不老實表現內心的喜悅也許是種損失。不過因為對象是奈月小姐，所以我覺得不表現也無所謂。

「來了之後沒想到這裡似乎發生了一些問題呢，譬如有人不見、麻由被攻擊……」

「對呀。啊！還有一件事就是奈月小姐來看我。」

「我來探望阿道這件事竟然被當成問題看待，真是有如在夜路被戀日盤問般光榮呢。」

奈月小姐拿起電視遙控器並按下開關，將頻道固定在日本放送協會台，現在剛好是電視連續劇小說午間時段的播放時間，個人病房的電視不用購買電視卡就能收看。

「阿道真是個很棒的娛樂，是要到無人島生活的時候一定會想帶去的珍品呢。」

妳到底懂不懂什麼叫無人島啊？不過如果可以的話，我也要帶麻由一起去。

不過，好像有一點被人當玩具對待的感覺耶。

「那麼，就讓我說一席笑話，雖然不清楚是否能符合您的期待……」

奈月小姐的眼球因我的這一句話而轉動，目不轉睛的盯著我看，她的眼睛很細，所以很難從眼神探知她的想法，不過連電視裡的人也和她有同樣的想法，說著沒想到你是會想這種事的人。

「這是關於我朋友的故事。」「阿道你有朋友？」

「講太快了，認識而已。因為劇場版的冒險而成為心靈之友（**註：哆啦A夢中的胖虎在劇場版中會和連載判若兩人，和大雄成為莫逆之交**）。」

「原來如此，這還說得通。」奈月小姐如此回答。

「快點回答！」電視傳來妻子斥責外遇丈夫的怒吼。

我暫停一秒，開始訴說那件事：

「我認識的那個人是個男的，那傢伙有個現在進行式的女友。結果有一天，大約一年沒見面的前女友突然出現在那個男生的面前。」

「出血的狀況如何呢？」

「妳腦筋轉太快了吧，又沒變成刀劍廝殺的戰爭場面。前女友只稍微打了聲招呼就走了，但是我認識的那個人還是很在意。奈月小姐覺得那個前女友為什麼要那樣做？」

「我覺得是拐彎抹角地想拿贍養費。」「我認識的那個人又沒把人家肚子搞大。」

這個人沒救了，根本是個允許自己那張嘴說些厚顏無恥的話的人種，和我認識的那個人根本是一模一樣。

奈月小姐像個偵探一樣用手撐著下巴思考，這時電視裡的妻子揪著外遇對象說出那句既定台詞「妳這隻狐狸精！」這道怒吼吸引了她的目光。

「我不開玩笑了。首先，我發現你認識的那個人是說謊的蠢蛋。」

「蠢蛋嗎？」這句話讓我腦海中想起某個人，不過這件事和那個人沒關係。

「然後，那個前女友想和那個蠢蛋復合吧？真是個狐狸精。」

「…………」她不會是因為剛剛電視裡這樣喊才想用這個字眼吧？

「或是當初沒有好好談分手，有一方並沒有同意分開之類的吧。」

奈月小姐直視著我認識的那個人，直接了當地說出她的意見。那個人抓了抓臉頰。

「不管答案是什麼，你認識的那個蠢蛋的生命正如風中的燭火呢。」

「可是那個人萊克萊克貝利萊克（Like like very like）現任女友，所以應該……沒問題才對。」

「蚊子才不會考量到吸血對象的人際關係，而且很少人會對揮開纏著自己不放的蚊子覺得有罪惡感吧！」

奈月小姐的比喻很正確。從冷漠、無情的觀點來說，她說的一點也沒錯。

因為奈月小姐用視線詢問——你想問的就這些嗎？於是我說「還有一個。」

「這個問題有點模糊不清。」

「阿道也是個讓人搞不清楚的人啊。」

沒人要妳說這個事實。

「……回想不起來的記憶有它的價值或意義嗎？」

「是指麻由嗎？」

奈月小姐省去思考的時間，直接了當地這麼問，我自然而然地否認。

「不是啦。譬如，很少有人記得清楚自己在五歲的十一月七號吃了什麼；發生了什麼，可是那些記憶並不是失去，只是陷入沉睡罷了。我只是在想要是這些記憶處於即使身邊被投下炸彈也炸不醒的深度睡眠狀態，那這些記憶也有它的意義和價值嗎？」

奈月小姐維持原本的推理姿勢，露出有些難以理解的表情。

「我想應該……還是有吧？身體雖然會持續活動……但記憶卻會劣化、被竄改……這個問題還真難啊！」

「不用認真去想這個問題啦，我只是突然想到罷了。」

「對我來說，我比較好奇讓阿道思考起這個問題的經過呢。」

「因為……」「我差不多該告辭了。」

我的說明像自動筆心一樣輕易地被打斷，不過我的精神也像自動筆心一樣可以更換，不會因這種程度就沮喪。

「要回去了啊？」

雖然我不會挽留只待了不到十分鐘的奈月小姐，不過禮貌上還是會這麼問。背後電視機中傳來妻子對外遇對象大吵大鬧地說「給我滾！」來聲援我。

「我想對患者行蹤不明的事件進行調查，提供自己的微薄之力。」

奈月小姐的口吻就像想挺身幫助調查的偵探。

「而且要是麻由回來我還在這裡，事情就麻煩了吧？」

這種強調危險指數高於困擾的表現方式，讓我也不得不贊同。

接著奈月小姐像正在辦某件案子的警察般說了句「還有一件事」當開場白。

「關於這次發生的事，阿道知道麻由是怎麼被打傷的嗎？」

我現在終於了解，她是為了問這件事才順道探望我的，原來前面都只是幌子。

「……為什麼這種事會發生在拙荊身上？她明明是個不用殺蟲劑就能殺蟲的女孩……」

「一點也沒錯。」奈月小姐用其實一點都不這麼想的態度爽快回答。

接著她立刻起身，精神抖擻地走向病房入口。

我猶豫了大約幾次呼吸的時間後，朝她的背影喊「奈月小姐。」

「什麼事？」她掛著溫柔的微笑回頭。

「麻由一定做了什麼。」

「哎呀，這麼肯定喔？」

「有美人、住院、美女三個要素重疊在一塊呢，如果沒有辦法介入事件，有誰能樂觀的看這件事呢？」「謝謝你喔。」

言不由衷的道謝打斷了我激動的想法，奈月小姐的笑臉就像電視映像管中妻子責難丈夫的視線一般冷漠。

「總之，如果發生什麼事請妳多多幫忙，這也是為了保護麻由這個國寶。」

「了解，不過在那之前，請阿道先把日文學好再被人流放國外喔。下次我會在麻由睡覺的時間前來探望的。」

雖然也許不是為了私事。

說了一些場面話後，她直接接了句「請多保重」的社交辭令。

奈月小姐走出走廊，拉動式的門緩緩關上。

我順勢隨著門關上時的風壓往後倒。

類似水晶燈的華麗燈具把天花板裝飾得十分漂亮。

我看著水晶燈，皺起眉頭煩惱要怎麼消除籠罩心頭的濃霧。

說不定我想找我該做的事。

抬頭看看電視，正上演著開豆腐店的男人被妻子趕出家門，還被外遇對象逼問。

我怎麼也克制不了臉部表情的扭曲。

突然傳來一陣拖鞋快步行走，啪噠啪噠的聲響。

那道聲音在病房門口停止，取而代之的是房門被猛力往側邊推開，力量大到讓房門直接衝撞軌道的末端。

進房的是繃帶密密麻麻地包到額頭的麻由，讓我聯想到印度人的頭巾。

麻由一認出我，原本繃著的表情豁然開朗。

「阿——道——！」

因為她是大步飛跳過來，所以右腳的拖鞋比腳還早飛到我面前。那隻拖鞋飛過我頭頂，猛力撞上窗簾後摔落在床上，接著她本人也朝我飛撲而來，整個頭往我身體撞下。喂喂喂……

不過麻由卻對我露出絲毫和苦悶扯不上關係的笑容。

「小麻被警察欺負，我好難過喔。」

她假裝啜泣，向我報告著警察的惡行惡狀。

警察這次明明是站在她那邊的才對。

「不哭不哭。」

因為她暗示著要我摸她的頭髮，所以我小心翼翼不碰到繃帶地安慰她。

「結果我又住院了。」

「……我說啊，這根本不是什麼好事，別滿臉笑容地這樣講。」

「討厭——阿道真害羞，小麻不在身邊明明會難過的哭。」

肩膀被她用強勁的力道猛打，更讓我提不起力氣否定。

在麻由的推擠下，兩人一起往床上倒。她將下巴放在我的左肩上當鋤頭敲打著。

「小麻最近有沒有做什麼怪事？或是遇上什麼怪事？」

「我想想……嗯，親親——」捏「親親——」

她捏拉臉頰，將嘴嘟成鱈魚子。

美女的臉不管變型到什麼程度還是能維持基本的美感呢，真令人佩服。

麻由不放棄地一直索吻，我也只好配合她拉著自己的臉頰，難看地湊上嘴唇……嗯，雖然有達成使命的感覺，卻一點也沒有心動。

雖然這畫面一點也不情色，鬆開嘴唇後依然無法阻攔麻由情緒的高漲。

「結婚典禮還是在春天比較好——」

「春天喔？感覺小麻可能會在典禮中睡著呢。」

麻由大概以為我是開玩笑，臉上掛起幸福的微笑。

雖然造成那種表情的過程是虛假的，不過結果卻是千真萬確的。

但是不對。現在既不是氣氛不錯，也不是思考要邀請誰參加婚禮的時候，也不是惋惜參加人數一定會很少的時候。當然，都是騙你的。

我把手放在麻由肩上，將她推開到兩人鼻尖不會碰觸的距離。麻由大概以為我要吻她，所以緩緩閉上眼睛，我為了解開誤會，硬把她的眼皮拉開直接對她說：

「妳的傷還好吧？」

「完全沒事。不過如果阿道為我擔心，那我的傷很嚴重。」

她說話真難懂，到底是哪個地方的說話方式啊？

「妳有告訴警察是被誰打傷的嗎？」

「沒有，因為我也不知道。」

她輕鬆且淡淡地否定我的疑問，接著因為眼球的乾燥不適開始呻吟，我才將手從她的眼皮上拿開。麻由用雙手掩著臉，開玩笑地說「眼淚快流出來了啦！」

麻由的傷在額頭上方，因此從正面遭到攻擊的可能性很高。

所以一般來說都會認為她有目擊到犯人的長相。

「不知道？……妳在哪裡被打的？」

「嗯——在這裡。」

她似乎有點記憶模糊，回答得很沒自信。

「有人來這裡？」

「嗯——對。」

「嗯嗯，原來如此。那麼，那個人是誰？」

麻由皺起眉頭「嗯——」困惑地呢喃：

「看是看到了……嗯——我不知道，嗚——……我不認識啦！」

一陣混亂後，麻由又說出這種令人無法理解的否定答案。

她看起來不像是在騙我。

……如果是麻由，是有可能會這樣。

我暫且停止談論這件事，回到第一個問題：

「回到第一個問題吧，最近有沒有遇上什麼怪事？」

「怪事……親親——」「講…講完再說啦！」

我將食指抵在麻由的額頭不放，麻由罵了句「小氣鬼」，終於開始回想她的記憶，不過卻苦惱地發出「嗚嗚嗚」的聲音。

「妳有健忘症喔？才剛發生的怎麼就忘光了？」

我心想如果說話的對象不是麻由，我可能會說「我看你還是早點入土為安吧！」

「你這樣問我倒是想起來，阿道竟然開心地吃著紅豆麵包，你明明討厭甜食。」

啊，因為那是別人不是我；或者我其實是別人。

要是我這麼說，不知道她會有什麼表情呢？我宛如不干己事地想像這種畫面。

「沒其他的了嗎？」

「嗯——還有阿道。」「除了我之外都沒有其他的了嗎？」「沒有！因為小麻每天眼中都只有阿道！」

她舉起拳頭這樣宣誓。真希望這句台詞可以等狀況比較平穩的時候再說。

「啊，不過那件事或許算有點怪。」

大概是腦袋瓜裡的小燈泡亮了起來吧，麻由揮舞著握起的拳頭。

「哪件事？」

「我發現了屍體。」

眼球像是要膨脹起來，傳來悲鳴和激烈的痛楚。

感覺連舌根都乾枯了。

光是反芻僅僅這幾個文字，就如此嚴厲地苛求著我的神經。

「…………………………………屍體？」

我用被乾燥的喉嚨搞到嘶啞、磨損的聲音，向她確認自己有沒有聽錯。

「嗯嗯，那個應該是死透了沒錯。」

小麻洋洋得意地，宛如只是小事一樁似地說出不得了的大事。

我覺得自己也快死了。

「屍體……屍體嗎？那真的很怪呢。」「是嗎？」「是啊。」

「妳是什麼時候發現的？」

「幾天前。」「……在哪裡發現的？」「醫院。」

……啊，冷靜點，我的字典裡面沒有ＰＡＮＩＣ這個字，因為我用的是漢和字典。

這裡是醫療設施，也就是說這裡應該有停屍間這種能合法安置屍體的房間。不過迷路的小麻被狗狗警察或森林小熊帶去那裡的可能性……應該是零。而且如果這幾天有誰過世，消息應該會在這間小醫院裡大肆流傳吧。

而且就算這間醫院有停屍間也沒什麼意義。案件的重點在麻由頭部受傷這件事……「嗯？幾天前……屍體……」

新聞並沒有報導任何關於發現屍體的消息，不過這間醫院因為另一個理由出現很多警察。雖然看起來並沒有拚死拚活地辦案，不過現在還在醫院裡幹活的警察的目的；還有勇往直前不懂煞車的奈月小姐的工作內容。

「失蹤事件？」

「啊？」

一切都是我的推論，無法確定事實真相。

其實並不是失蹤事件？而是殺人事件？

屍體被藏在醫院的某處？

所以發現屍體的麻由變成犯人的目標？

「麻由，可不可以多告訴我一些有關屍體的事？」「不要。」

「為什麼？」

「我不想和阿道提其他女生的事。」

女生？我懂了，原來屍體是女的。那麼對方是和長瀨一樹同病房患者的可能性也相對增加，有沒有其他失蹤者則先另當別論。

麻由突然鼓起腮幫子。喂喂，連其他人的屍體都可以當成嫉妒的對象嗎？

……或者，她沒有區別人類生死有何差別的能力？

「欸——欸——這件事一點也不重要啦。親我，然後我們去結婚。」

麻由用手抱住我的脖子硬要我親她，我姑且忍了下來，用最敷衍的方式親了她……這件事一點也不重要，重點是她看到了屍體，而且沒告訴警察。

只有犯人才會這樣做吧？

「問妳喔，妳怎麼會發現那具屍體？」

「我突然聞到血的腥臭味。」

麻由用爽朗的笑容說出有如偵探懸疑劇裡的台詞，但卻不會讓人感覺那只是玩笑，也不覺得她有隱瞞什麼沒說。她的語氣讓人覺得真的是不自覺，只是感覺到異狀才不知不覺走到那棟有屍體的房子，又恰好看到屍體躺在那裡。

「開玩笑的啦。」

正當我把所有的心力都放在動腦上，根本不管其他器官的時候，麻由突然這麼說。

「…………………………什麼開玩笑——？」

「其實小麻看到背屍體的人喔！」

她語尾的語氣有些上揚，得意洋洋地這麼說，但身為聽眾的我，心情則以反比下跌。

「……嗯嗯，然後呢？」

「小麻追上去了！」

「下次不可以再這樣了喔，太危險了。」

「我知道了！」

真是充滿朝氣，卻讓人懷疑到底有沒有聽進去的回答。「然後呢？」

「小麻等那個人走了以後才去找屍體！然後就在醫院發現屍體了！」

麻由伸長雙手當作機翼翱翔，還噹噹噹地為自己配音。

「妳有看到那傢伙的長相嗎？」

麻由放下雙手，誇張地左右搖頭。

「是喔，然後呢？」

「然後小麻就回來了！然後就睡覺了！」

麻由藉著這句話，把頭放在坐在床上的我的膝蓋上，左右翻來覆去。

……當然，我只能毫無根據地確信麻由不是犯人，不過，警察該怎麼抓到犯人則是另外一個問題。我之所以沒有立刻通報警察這件事，是因為這樣可能會讓她更加可疑，再加上麻由的精神狀態就像能用花粉把天空染上炫麗色彩的花田，就連以四季景色為傲的日本也會為此感到吃驚，雖然這一點我根本不想提。

有不少人想利用這一點給她致命的攻擊。

因此在這一件事上，投靠警察是最後的手段。

而其他方法都只能靠自己。

……我只想過平平凡凡的生活啊！

「為什麼會變成這樣呢？」

「因為阿道和小麻之間有命運的紅線緊緊綁在一起。」

但我不覺得麻由說的是真心話。

「……為什麼妳只對這種事有興趣？」

「嗯嗯？我也不太清楚，阿道是不是吃醋啦！」

麻由呵呵地發出很適合她的詭異笑聲，而且還誇張的把兩頰往外拉。

「拉——」

喔喔，越拉越長呢，這表情還真令人玩味。

……麻由簡直就像與綁架或屍體這種人性的「惡意」互相愛戀。

吸引、被吸引。

而被麻由所說的那根紅線牽著的我，也跟著被帶動。

……如果那種紅色是用番茄著色的紅，我倒是還覺得ＯＫ。

算了，這只是微不足道的小事。

為了我自己，再幫麻由一把吧，讓小麻脫離現狀。

屍體、花瓶、長瀨透，還有一個。

就是這起「事件」到底對我有多重要呢？

我決定先從找到這個問題的答案開始。

「小麻是那種不管怎麼弄都漂亮的美少女呢。」

「啾——」

她很開心。

總之，麻由很有趣。

第二章「為了讓我是我」

只讓我一個人有資格叫你阿道不就好了？

就連媽媽我都不讓她這樣叫。

但是阿道最近新交的朋友卻笑咪咪地這樣叫。

為什麼讓那個人叫你阿道？

阿道為什麼不拒絕？

你們為什麼手牽手？

為什麼那個人會在阿道家？

那個人為什麼要對我笑？

阿道為什麼笑著對我說話？

長瀨透坐在我隔壁。

那是高中一年級第二學期換位置時的事。

「請多指教，小××。」

當時長瀨還沒有習慣說話時在句尾加個「啦」字。

感覺就像在嘲笑我的名字，我的腦前葉難得地充了血。

「也請妳多多指教，阿透。」

聽到我這麼回答，長瀨對我投以露骨的厭惡感。

原來我們都討厭自己的名字。

因為這個緣故，我們原本無臭無味的關係突然變得十分緊張。

長瀨以視力不佳為由，要求老師讓她和坐在最前面的傢伙換位置以遠離我。

而在上課中，我也試著努力讓自己在看黑板的時候，不要連長瀨的後腦勺一併納入視線可及的範圍內。

是哪一種感情讓我這麼做就不得而知，不過先開口惹我不爽的是長瀨，一切都是她的錯。不過，不管我道歉的比率有多低，我這個人還是可以向人道歉的。

只不過，一直沒有理由讓我會想積極地將自己與長瀨之間的關係，從根本不想讓她出現在自己的視線範圍內恢復到可以允許進入視線角落的同班同學，所以我一直沒有向她道歉。

不過九月底，我們的關係突然有了轉變。

下學期的男子美化委員決定由我（前半學期也是），女子委員則由她擔任。

我們維持無視對方的態度，一起精疲力竭。

就算御園麻由擁有只需健康正常的睡眠時間就足以維生的身心。

完全禁止和她之外的女孩接觸和對話的命運依舊會等著我吧！

那將會是只有阿道和小麻兩個人的生活。

對我和她而言，那根本不是最至高無上的幸福，而我的修行也還沒有完備到讓我能達到那個境界，可以的話我也不想變成那樣。

正處於這種微妙年齡的我，在晚餐前瞞著她去見名為長瀨一樹的女性。

我住在東病棟，和一樹住的西病棟坐落方向剛好相反，要走到那裡得經過四條走廊、爬兩次樓梯。只能用單腳行走的我，現在才深深體會平常能用雙腳走路有多麼輕鬆。不過即便如此，現在也比一個禮拜前好太多了。剛開始使用丁字杖的前三天摔得亂七八糟，現在大致上已經習慣，走路姿勢也不像一開始那樣難看，不過手掌倒是長了些繭。

我在前往西病棟的路上和一名警察擦肩而過。那是為了失蹤事件到處奔走的人，也是在醫院裡沒話可聊時可拿來當八卦的話題。其實奈月小姐也有來，她正陪在睡在個人病房的麻由身邊。我現在非常不想讓麻由一個人獨處，除了傷害事件之外還有其他瑣碎原因，所以我向奈月小姐提出救援申請，沒想到她竟輕易地答應幫忙。就算麻由突然醒來，奈月小姐應該有辦法解決吧？萬一真的不行了，只要叫她一聲「小麻」也就能呼攏過去吧？

到了西病棟，爬上女性病棟的第二層樓梯，左手邊是廁所；右邊是病房。因為我沒有計劃要來個廁所大冒險，只好無趣地向右轉。

這是我第一次拜訪一樹的病房，打開房門後，病房內當然只有女性，不過四人病房的床位已經三張有人睡了。

我和躺在鄰近病床看電視的阿婆打了招呼，朝房間中央走了兩、三步。接著，在最裡面的病床上看著窗外風景，左手骨折的一樹回過頭發現我的存在。我才剛「嗨」地舉起左手，一樹就從床上跳下來，連拖鞋都沒穿就小跑步地跑了過來。她的面容還是一樣天真、緊緻沒皺紋，與其說像小學四年級生，倒不如說像四歲的兒童，某些部分和麻由有點像。

「喔喔，是正版的透耶？」

虧她動作那麼機靈，講話卻慢半拍……咦？

她是那種為了掩飾內心的害羞會使用一點暴力的個性，平常她都會揍我身體一拳當打招呼，但今天卻只是上下搖晃身體，並沒有對我動手。算了，反正我並沒有把挨打當做興趣。

「什麼正版的，難不成還有加洗的透嗎？」

「拜託相片行洗一下就有了。」

妳以為我比神奇小子或孫悟空還容易複製嗎？

一樹將身體重心放在左腳讓右腳懸空，朝我身後偷看。好像在確認什麼。

「咦？姊姊呢？」

「我沒有和她在一起。」

「呵呵——透竟然一個人來，真值得稱讚。不過未免來得太晚了吧？你說要來看我已經是三個禮拜前的事了耶。」

「三個禮拜前我還不能動吧？」

「嗯嗯？那是今天開始才能動的嗎——」

「不，是一個禮拜以前。」

「透你這個大懶蟲。」

「因為女朋友管得很嚴嘛。不過如果不見妳一面，就更難讓我的人生獲得幸福。」要是說這種狂語，肯定會被當成會對小學生說一些危險台詞的狂人，所以我當然沒說出口。

「高中生是很忙的嘛。」

譬如在雜貨店當小偷、在森林裡找黃色書刊或誘拐小學生（這只是舉例）。

「是喔？可是姊姊說她每天都很閒耶？我會去玩女子足球、上道場、打軟式棒球，所以比姊姊還要忙啦——」

一樹模仿姊姊說話的口氣，營造出無憂無慮的氣氛。雖然我個人認為她的個性並不適合打球或武術這一類要分勝負的競技遊戲，不過她似乎是個一旦開始學習就會一直學下去的人。

別說比她姊姊，可能也比我還忙，我的假日都……算了，根本不值得回想吧？因為我的假日都過得很簡樸，如果用攝影機拍下來，之後再用客觀的角度去看拍攝畫面，簡樸的程度可能會讓我丟臉到鼻血直衝腦門吧！

我跟在一樹身後被帶往她的病床旁。心情超好的一樹哼著總是慢一拍的曲調，她似乎很喜歡這首歌，也說不定是因為這裡沒有人可以陪她玩，所以我這個用來打發時間的人前來拜訪，讓她開心地坐不住吧！

一樹像剛剛那樣坐回床上，我則借用病床旁的椅子把丁字杖靠在牆邊，背對著窗戶坐下。從窗外照射到我背上的陽光和病房內的暖氣機所製造的熱度不同，十分溫和。

「喂——透——喔——呀——」

雖然有點口齒不清，但她是在叫我。謹慎起見，解釋一下。

「我以後會變成美女嗎？」

這種問題去問占卜師或騙子啦！不過我並沒有將這句話說出口。

「那要看妳的目標定在哪，妳想變成多美？」

「這個嘛——大概要有可以用五折買店裡所有東西的美貌吧！」

「比起臉蛋，先去練練舌頭。」

「啊——？那——我想想——美到會有很多沒有節操的跟蹤狂跟蹤我。」

「快去找警察報案。」

「唔——我被隨便敷衍了。」

一口怪異語言的一樹，比較適合不要太瘦而有點豐腴的臉蛋。她的長相與其說是漂亮還不如說是可愛，和她的姊姊恰好相反。

「為什麼問我這種問題？」

「嗯嗯，因為呀，我很想讓透稱讚我是美女嘛。」

……這種讚美詞我連對妳姊姊都沒說過耶。

「不稱讚我美，代表透喜歡年紀比較大的女生吧！好，我要趕快變老，趕快超越你——我要變成姊姊的姊姊。」

腦袋裡的日記本向我報告，以前似乎有人曾經在哪對我說過類似的願望。

「……妳看起來很開心呢。」

「嗯，因為透很有趣。」

一樹對我露出已經換過乳牙，排列整齊的牙齒這麼說道。

和我在一起，一樹會變溫柔、麻由可得到治癒、奈月小姐會無力。

「姊姊說她很喜歡和透見面。」

「……是喔。」

長瀨會疲憊。至少現在而言是這樣。

「對了，我有事想問妳。」

「這個月的學費請再等一下子。」

「別欠繳喔。」

……這件事先擱置。在吃了過多路邊野草之前，趕緊把筷子伸向主食吧！

「對了，幾天前不見的是住在這個病房的人吧？」

我的問題讓一樹的表情有點沉了下來。

「嗯，活跳跳的國中生。」

若根據麻由所言，應該已經超過賞味期限了。真是個不禮貌的玩笑。

「哦——是美女嗎？」

「啊——這樣就問人家是不是美女，透果然喜歡年紀大的。」

一樹爽朗地做出根本是錯誤的評判。身為一介市民，我開始擔心起這個城鎮的未來。

接著一樹斜瞄了一眼隔壁那張整理得十分乾淨，看不出曾被使用過的病床。病床旁擺著一根丁字杖，原來她跟我是使用丁字杖的伙伴，不過我可還沒急著想和她共享那個死亡世界。

「那是她的病床，我們當時是同時間住院的。」

一樹憂鬱地呢喃。我突然閃過一個想法，用過去式來表現住院，這件事有好有壞呢。

「妳知道她是什麼時候不見的嗎？」

「六天前的晚上。熄燈前還在，可是起床的時候就不見了。」

這句話一樹似乎早已回答得很習慣了，她流暢（其實還是有點遲緩）地回答。這個問題警察大概也問過了吧？

「透在玩偵探扮家家酒？」

「嗯，類似吧。是有點認真的偵探扮家家酒。」

「喔喔——連扮家家酒都要認真玩，透是個不錯的大人耶——」

一樹的表情變得揚揚得意。表面雖然佯裝不在乎，眼睛卻像迷路的孩子般徬徨。就像長瀨說的，這件事讓她感到恐懼，說不定根本不想提。

「那麼，透，你要小心點，不用玩得太認真。」

話語中帶著開玩笑的口氣，讓人難以參透她的本意。

「可是我想努力點玩耶。」

關於犯人，我一點頭緒也沒有。

雖然打著說不定有什麼參考價值的想法才來探望她，結果卻沒獲得什麼特別的情報。

到底是怎麼回事？

「妳隔壁床的那個美女國中生啊，有沒有被誰告白卻用無情的態度加以拒絕；還是因社團活動參加什麼比賽結果引來奇怪的愛慕者跟蹤；或者她其實是個性惡劣對世界充滿怨恨的人呢？」

「……………………………………嘰嚕嘰嚕。」

是不是這句話講得太長了呢？一樹將腦中的記憶CD倒帶在腦中重新播放，眼球也不慌不忙地跟著轉動，似乎在為她加油，偶爾又突然停下不動，不久後她終於停止嘰嚕嘰嚕。

「我跟她不太熟，嗯嗯——不過關係也不是很差。我不知道，嗯——大概是這樣吧——？」

也就是說她什麼都不知道。

我用指頭朝以十分困惑的態度這麼回答的一樹頭頂的髮旋押下，當做按下暫停按鈕。一樹發出「嗚——」的呻吟聲，讓身體逐漸僵硬，以動作回應了我的期待。

「妳的手預計要多久才會痊癒？」

「兩個禮拜左右，稍微加把勁的話，大概十四天吧！」

嗯，挺有自知之明的。不過這孩子實在很難讓人和幹勁連想在一起。

「只要持續喝——地大喊，十四天就變成，嗯——十四乘以二十四……就會變成三百三十六個小時。如果再拿出毅力，三百三十六乘以六十…………就會變成好壯觀的數字呢。所以……」「停。」「啊嗚。」

因為本人似乎不想收拾這個場面，只好由我強制中止。我用指尖按著她的髮旋轉，一樹雖然甩頭想逃脫，不過因為不是認真的，所以沒產生什麼效果。

看到一樹似乎也冷靜了下來，我改以手掌平放，像搔癢般溫柔地撫摸她的頭。一樹雖然用似乎很開心的語調說「會禿頭啦——」卻還是任我撫摸。

「一樹。」

我意外地用認真的語氣開口。

「你…你要向我告白嗎?」

結果造成她的誤解。有哪個傢伙一邊被人摸頭一邊被告白會開心的呢?啊，麻由就會。

不過這件事不重要，我對一樹問了個簡單的問題:

「會怕嗎?」

一樹臉頰上的笑容有些扭曲。內心的陰影已經侵食到表面了。

「怕。」

一樹老實承認。

「因為有人不見了，那個——很——很——該怎麼說呢——很糟糕——要是我也變成那樣的話，所以……」

一樹身體和手都胡亂擺動，嘴裡說著不成文的語句。

算了，反正她想說的我有聽懂。

「所以如果透偵探可以抓到犯人，那就萬萬歲了。」

「嗯，交給我吧。」

我最後摸了摸一樹的頭頂，接下這個很難實現的委託。

「那你姊姊如果有來看妳，稍微幫我跟她打聲招呼。」

「一切看鹽分。」

妳姊姊什麼時候得高血壓了啊？

我拿起那根已經用慣了的丁字杖，把屁股從椅子上抬起。我把維持丁字杖落地的速度當做一種遊戲，不然一想到得回去的那間病房有多麼遙遠，就會讓我想乾脆住在這裡別回去了。

「透——喔——啊——」

以下簡稱透啊。我努力不改變身體面對的方向，回頭望向一樹。

「透，你現在和姊姊以外的人交往吧——？」

「嗯，給人的感覺差不多是那樣。」

「那麼等你被那個人甩了，我就跟你交往。我先預約了喔。」

……真是早熟的十歲小孩。說不定我很受年紀小的（雖然小太多了）歡迎，偶爾也會有年紀大的女人和我搭訕……但卻獨獨缺少最重要的中間層。

「喔——好啊。」

如果被甩了嗎？

如果那時候我沒被麻由殺掉的話……

不過那是另一回事，一樹的話讓我覺得很有趣。

有趣到讓我認為下次再來探望她也不錯。

就在回到那間住到幾乎可以說是自己房間的病房途中，我遇到度會先生。

因為是在中央病棟附近遇到的，他大概也有事去西病棟吧！度會先生雖然身體有點虛弱，但發現我後依舊微微一笑，以有點不聽使喚的腳步縮短我們之間的距離。他今天好像也是一大早就不太舒服，不過似乎已經恢復到可以自己行走的程度了。

「喔，怎麼了？」

他用和自己的皮膚一樣粗糙的聲音詢問我剛才的行蹤。

「我去探病。」

「受傷的人去探病?」

「順便也讓人探探我的病。」

「是喔是喔——」度會先生敷衍地隨意點了幾個頭。大概因為住院中總是在互開玩笑,最近他敷衍話題的技術愈來愈好了。

「度會先生也有事?」

我們的對話宛如社交辭令,我順從內心的義務感回問這個問題。與其說度會先生故意停頓一會才回答,還不如說是嫌麻煩似地緩緩拉開下巴說話:

「我去看我太太。」

「對了,你們夫妻倆一起住院的嘛。」

「我們感情好到身體一起出毛病,我差不多快死了,如果她也能和我一起走,那我大概就不會寂寞了吧!」

雖然度會先生是開玩笑的,但我卻因不知該如何回應而深感困擾。

「度會先生,你身體是哪裡不好?」

當初住院好像是因為把一根肋骨斷成兩根,不過內臟方面似乎也有惡化的傾向。

「就身體有點不好呀。人老了,一點小毛病就可以要了你的命。」

說話腔調帶有一點方言味的老爺爺如此敷衍,並沒有具體說出哪裡有毛病。對男性,我並沒有興趣深入了解對方的狀態，所以也沒再提。

不知道是不是因為身體狀況愈來愈差，我眼裡的度會先生看起來比一個禮拜前還要老，感覺就像直接從六十歲跳到六十五歲。

「不過年輕的時候，顧心比顧身體重要。」

「……啥？」

我覺得現在說這個已經太遲了。

我含糊帶過前輩給我的建議。

「對了，有訪客來找你喔。」

「……？哪位啊？」

「前陣子來過的女高中生。」

長瀨嗎？……應該是長瀨吧？

「她說會等你回來。」

「我知道了，謝謝你的轉達。」

度會先生「嗯嗯」地回答後，草率地搖了搖頭，接著又開始向前走。他步行的背影透露出一股無依無靠的悲傷氣氛，讓人不禁想多管閒事地說——拿個丁字杖不就得了。

「長瀨啊……」

我把身體倚靠在走廊牆壁上，白色的牆壁冰冷得讓人感到不愉快，但每當我思考時我會想要讓身體安定下來，所以不得不這麼做。

沒有行人來往的走廊上，只聽得到病房內傳來的微弱電視聲響。

這是有三個選項的問題。

平安無事回到自己的寢室為最優先。

先別管什麼人類有無限的選擇以及可能性這種胡謅的道理，我應該即早選出答案。

一、當作沒聽到直接去麻由的病房，把長瀨擱著不管。

二、先去找長瀨，趕緊打發她離開再去找麻由。

三、落跑。

「……真難選。」

如果可以的話，三也是個不錯的選擇。畢竟我又不需要獲得誰的原諒；也不需要獲得誰的允許才可以行動。雖然麻由可能不會允許，但她只是「不讓我行動」，而不是將我限制於「行動」時必須獲得他人的允許。以偏袒自己的角度來說，我只不過是自食其力做出決定，普通一點的說法就是自私。

而且我也沒有辦法逃亡，所以雖然並非我所願，但也只好放棄第三個選項。

換句話說，如果以現實考量來看，只能選先去見長瀨了。

「真是的……」

因為身邊有麻由這個大危險，我個人是希望長瀨不要常來。

我並不討厭長瀨。

雖然我現在失去她，但如果再次深交，說不定哪天我會想喝她做的味噌湯。

但我並不希望那種事發生。

個人是希望長瀨可以保持在不受傷害的距離。

我只能以下跪（現在的腳辦不到）的氣勢求她別來了吧？

「啊——光想就累。這是相思病嗎？」

雖然這和一般的相思病不同，但是說不定很類似，我反倒覺得應該把它當作一種疾病來看待比較正確。

沒想到我在這麼年輕，還沒變成大人前就開始用這種回顧苦澀回憶般的語氣說話。

算了，就算繼續想下去事情也不會好轉，走吧。

我走下樓梯，準備去見長瀨。

怨恨著放假不工作的右腳，再度在走廊上向前邁進。

……我的意志只有一個……

不會被左右，只有一個。是清楚、明瞭，已經做出的決定。

不管聽到、看到什麼或任何人際關係，都不會讓我的意志動搖。

就算我不是「阿道」。

也不會去當她想要的「透」。就是這樣。

「……我到底是誰啊？」

我也只能乾笑，以笑帶過。

長瀨透看著漫畫。

大概是擅自從書架上拿來看的，她深靠著椅背把腳抬在床上，用悠閒的姿勢看著漫畫。

她大概是聽到我的腳步聲以及丁字杖落地的聲音，所以抬起正低著看漫畫的頭。

今天也是制服打扮。

「你去看小麻啦？」

「不，我去妳妹妹那裡。」

長瀨「喔喔」地露出笑容，把書闔上。

「你去看她啦？」

「嗯，還約好等我單身願意當我的女朋友呢。」

「哈哈，她是認真的唷。」

長瀨把腳放下地板，穿上拖鞋站了起來。

她朝我走過來，直逼我的胸前，抬頭用溫柔和緩的表情望著我。

「透還真受歡迎哩。」

「……嚴格說來似乎不是那麼一回事。長瀨喜歡我哪一點？」

隨口這麼一問之後，長瀨發出「這個嘛——」讓我搞不清楚真意的話語，用手撫著臉頰。我趁機向後退了一步，保持適當的距離。

「你這傢伙，一本正經地問這種不知羞恥的問題。」

長瀨稍微責備了我一番，但並沒有提到我的動作。

「……？就是因為有喜歡的地方才願意跟你交往的不是嗎？」

長瀨發出「呀啊——」這帶玩笑口氣的怪聲，扭動身體。膝蓋以上的部分好像快要垮掉，整個身體失去重心不斷左右搖擺。這傢伙挺有趣的。雖然我身邊有很多個性有點扭曲的人聚集（尤其是女性最多），不過這類型的人很少會掌握對話的主導權，所以聊起天來很舒服，和那個當警察的大姊姊差很多。

「體罰、體罰啦！」

長瀨用左手掩住自己的嘴巴和鼻子，用右手不斷敲打我的手臂。因為沒有使勁，所以其實並不怎麼痛。

「啊，害羞了喔？」

「別追加攻擊啦！」

她拍打的速度從四分之一拍變成半拍，感覺就像衣服被磨擦般搔癢，一點也不痛。

長瀨浮躁地踉蹌走向椅子，一屁股癱坐了下去。我先整個人躺上床再挺起上身，長瀨的臉就在我伸手可及的位置。得知這一點後不知為什麼，我很自然地伸出右手。

當我的手掌貼上長瀨的臉頰，她的血液便突然往臉上集中導致整個臉發熱，熱到讓人懷疑她是不是發燒了。

長瀨濕潤的眼眶透露出徬徨和疑惑，但立刻轉為羞怯，將手貼在我的手背上。

「好涼好舒服。」

「因為熱度都集中到心去了。」

長瀨發出「哈哈哈」似笑非笑的笑聲。

「我就是喜歡你這一點啦。」

「嗯？哪一點。」

「無法用言語表達的那一部分啦。」

「……體溫？」

「你啊……那種感覺不是溫柔，可是只要和你在一起就會讓人感到安心……我還是不知道該怎麼說啦。」

雖然無法順利找出答案，但長瀨似乎一點也不因此覺得不滿。

她宛如安撫般輕柔地撫摸我的手背，長瀨的手實在好燙，那種熱度不只像暖爐裡的烈火，簡直就像森林大火般灼熱。

「……………………………………」

蒙蔽我視線的迷霧消散，讓我回過了神。

……一個失神就營造出不錯的氣氛。

我挪開長瀨的手，慌張地把右手縮回。

「失禮了，這裡是禁止接觸的廣場。」

同病房的男高中生瞪著我們的視線也這麼抱怨。

「你說話還是一樣很怪耶。」

長瀨的心情並沒有因此變差，反而變得很開心。

她不懷好意地笑著。

「幹嘛啦。」

「原來你還在意我喔？」

看起來不像嗎？

「那是……」

「那是當然的嗎？嗯，那就太好了啦。」

長瀨似乎感到很滿足，但我的心情卻和她恰好相反。

長瀨整理起凌亂的制服衣領和裙擺，這期間我回想起長瀨的肩膀，雖然現在被衣服遮住（那還用說），但是她從肩膀到手腕的曲線很漂亮。所謂漂亮指的不是沒有斑點或觸感佳這部分，而是我在第一次看到那麼理想的形狀及線條時被深深感動。

不過如果只稱讚這一點，她會跟我耍脾氣，女孩子的想法還真是複雜難懂。

言歸正傳。

我有件事得向長瀨確認。

「對了，妳為什麼會叫麻由小麻？」

「啊？喔——為什麼？因為我從以前就這樣叫她啦。」

長瀨有點口吃地回答，她的回答讓我陷入一陣僵硬。

「……以前……喔，原來如此，原來是這麼一回事。」

我懂了，看來是我誤會了。

麻由在遇上我之前也是有過去的，是我自己忘了。

「妳們在小學的時候是朋友？」

「從幼稚園開始啦。順便告訴你，她都叫我長瀨同學啦。」

……咦？換句話說……

……是喔，喔喔——嗚哇。

「因為她叫我小透的時候被我糾正啦。」

「是喔。」

……現在不需要太在意這件事，之後再處理吧。

長瀨大概發現我回答的口氣有些漫不經心，舉手改變話題。

「我有疑問。」

我用眼神示意她說下去。

「我是在學校聽說的，為什麼大家都叫透阿道呢？」

「妳突然這樣問，讓我搞不清楚狀況哩。」

「別開玩笑，透就是有這種壞習慣。」

我被她瞪了。她這次露出充滿怒氣，當真打算來個體罰的眼神。

我毫不逃避地接下她的視線。

算了，會想問是正常的吧？

畢竟如果她早就認識麻由，就等於也認識菅原。

可是……

「如果要向妳說明這件事，就得把現在麻由的心理有多麼複雜怪異的事暴露於光天化日下，但是我並不想那樣做，所以我拒絕回答這個問題。」

我的拒絕讓長瀨的怒氣更加膨脹，如果是像棉花糖一樣的膨脹感就好了，不過其實是宛如瓦斯即將爆發，一點夢幻感也沒有的膨脹。

「我先說喔，我和小麻認識的時間比你還久，你擺出這種不需要對局外人說明的態度讓我很不爽，而且也是錯誤的。」

「如果妳們之間的關係真的那麼深，那我希望妳別再追問我答案。」

我的眼睛的確看到長瀨血液沸騰的瞬間。她突然抓起手邊的枕頭朝我打了過來。因為那個枕頭有點硬，導致我感受到相應的痛楚，甚至造成耳鳴。

「……還好那邊沒有水果刀。」

長瀨大概被我的感想搞到無力吧，充滿憤怒的雙肩漸漸放鬆，粗魯地丟下枕頭以責難的眼神看著我。我閉上眼睛拒絕看她的眼神，不過嘴巴卻在闔上前這麼回應長瀨：

「我在騙她啦。」

真是簡單又正確到不行的一句話。

「你假裝是菅原同學？」

「不，我只是在當阿道。我不能再告訴妳更多了。」

我閉上眼睛看著眼前的漆黑光景，默念著拜託別再談這個了。長瀨不知道是不是感受到我的想法，沒再繼續說話，我們就這樣陷入數分鐘的冥想。

之後我張開眼睛，發現長瀨正用奇怪的表情凝視著我，接著把枕頭放回原位。她的行為並不是我的念力所促成。

「你喜歡小麻嗎？」

長瀨終於把拖到現在才問的問題丟出來。

「喜歡到可以在眾人面前共吃一顆蘋果。」

長瀨的眼神再度惡化，誰叫妳問我這種很難認真回答的問題。

「你喜歡小麻的哪裡？」

「長相。」

「…………………………」

長瀨有些退縮。

「看到她的臉我就有幸福、被治癒的感覺，好到不得了。」

我加油添醋了些，長瀨只是若有所指的「是喔」一聲。

「也就是說，你雖然騙她，但其實很喜歡她囉？」

「別一直繞著這個問題啦。知道這件事對妳有什麼意義?」

「我不能為小麻擔心嗎?別看我們這樣,其實我們以前感情很好,況且這件事和透有關,讓我更加在意啦。我會有這樣的反應不是理所當然的嗎?」

「是喔。」

以前啊?

「現在呢?」「啊?」「妳現在和麻由的關係怎樣?」

「現在……」

我的問題似乎正中長瀨的死穴,她突然沉默不語,悲痛的面容取代原本的表情。我看著悲痛的她,告訴自己心靈的導師一定得改掉我壞心眼的個性。騙你的。

「對了,有件事和我們剛剛談的毫無關係……」

我開口向心情沮喪的長瀨說話,她撥了撥瀏海,用低沉無力的語氣回答「什麼事啦?」而房門也在這時被打開,原來是慢吞吞的度會先生回來了。他好似意識被睡魔侵蝕般,用緩慢又無神的動作鑽進棉被裡,接著呻吟幾次後就一動也不動了。看完度會先生一連串的動作,我的視線再次和長瀨對上,接著又像平常一樣轉移話題。

「長瀨在學校成績算好的嗎?」

長瀨眨眼的速度顯然是她內心的驚訝指數,這個問題讓她整個人慌了起來。

「還真的跟剛剛聊的一點關係都沒有耶。」

「街坊都說我是個言出必行的男人。」

其實是批評我是個言行不一致的怪人。

長瀨環抱雙臂，斜著眼思考。

「是嗎？不是無藥可救的人嗎？」

「先不論妳那一副一針見血的得意表情，妳至少有做筆記吧？借我影印。」

我的要求讓長瀨眨眼的速度以和剛剛不同的原因加速，我就像看著玩賞品一般，玩味著長瀨臉上出於好奇的驚訝。

「沒想到你是個書呆子，不用考期末考也要念書喔？」

「我在班上的綽號是四眼田雞呢。」

畢竟照顧我的人不是親生父母，不認真念書實在有些愧疚。

自從和麻由同居之後就有點荒廢學業，也因此讓我有些罪惡感。

其實和同班同學借是最理想的辦法，可是沒有同學願意來探望我，所以只好拜託長瀨了。

長瀨「好啦」地答應，伸手抓來放在書架上的書包。她解開扣環，拿出幾本筆記本，我畢恭畢敬地接過。

「別抱怨我字醜喔。」

「我才不會抱怨那種事呢，因為我的字也很醜，謝謝囉。」

我邊道謝邊拿起那疊筆記中最上面的那一本，翻開來看。

「……？………………☆☆★※☆曬乾？」

我不禁飆出自創的外星文，其實應該說是紙上的文字害我說成這樣。筆記本裡滿是具有如此衝擊性的文字，根本分不清哪個是英文哪個是日文，我看英文筆記直接跳過不看比較好。做出這種妥協後，費勁工夫才辨識出封面用超粗麥克筆寫著日本史。啊？這本筆記裡全都是日文？

……怎麼辦？我的背上和脖子猛冒冷汗。

「不過，醫院裡有影印機嗎？」

「沒有，我會去便利商店印。我常常外出散步，下次去的時候我會拿去印，印好我就放在一樹那裡喔。」

不過，印這種東西有意義嗎？

「不用拿給一樹，我來的時候再拿給我就好啦。」

長瀨用一副理所當然的態度和語氣這麼說。

我將視線從筆記上抬起，告訴她剛才忘記說的事。

「其實，長瀨同學。」

「啊——好啦好啦，我知道啦，你要我別來了對吧？」

長瀨鬧彆扭的態度實在表現得太懂事。

「妳真識相。」

「從剛剛的對話內容研判，透會用這麼謙虛的態度跟我說的話，也只有這件事啦。」

我才說一成就被她推出八成，我認清再說下去只會淪為狡辯，只好向長瀨說了一堆不是藉口的話。騙你的。

我沒有抬起頭，而是低頭看著筆記本。

冷靜下來仔細看的話，發現從文法判斷句意比從文字判斷容易。不過還真希望她的「了」字和「3」字別寫得讓人根本無法區別，還有因為字跡太過潦草，導致我完全無法辨識「金」字和「全」字的差別。

……嗯？這是什麼？

我暫且停下一直翻閱筆記本的手，注視著手指上的圖案。

真是個難題呀，連這個東西都可以影印嗎？應該不會告我侵犯著作權吧？

直接問作者應該是最快速的方法。

「長瀨，問妳一件事。」「怎麼了？」

「沒有啦，就是這個輪廓像海牛一樣的美少年插圖……」

我抓著筆記本上緣，把筆記本亮到長瀨眼前好讓她看清楚。

「……………………………………啊，哇啊…啊嗚……」

嗯？長瀨的樣子……喔？嘴唇竟然在顫抖，而且竟然緩緩地從青色，轉變成比地瓜皮還要紫的紫色。接下來——

「啊啊啊啊啊啊啊啊啊啊啊啊啊啊啊啊啊！」

長瀨的喉嚨裡飆出別說醫院，就算地點是在KTV也會造成他人困擾的慘叫。

「GET BACK！」

筆記本隨著有如披頭四歌曲曲名的喊叫（錯誤引用）被她搶了回去，她立刻粗魯地翻開筆記本檢查裡面的內容，以凌駕常人的速度左右快速移動眼球，看著看著逐漸充血了起來。我悠哉的看著她，心想她還真是個熱血少女。

沒多久，長瀨從椅子上摔跪到地板，弓起身體擺出保護筆記本的姿勢，並把鉛筆盒裡的東西整個倒出來，一把抓住小小的橡皮擦。看來她的運勢並沒有上升。

「等一下！等一下啦！」

她滿是淚水地拚命遮掩，要是現在對她說妳這種表情也挺好看的，我的住院時間可能會延長三個禮拜，因此我選擇安靜地觀察長瀨。

眼前這個女高中生就像在示範如何用抹布擦地板一般，四肢全趴在地上，手裡拿著橡皮擦用幾乎快把紙擦破的速度把讓她丟臉的東西擦掉。手腕每上下激烈擺動一次，被裙子蓋住的屁股也跟著上下晃動。雖然覺得這畫面一點都不煽情，不過同病房的高中生倒是興奮地看著她的樣子。度會先生大概是被長瀨的慘叫聲吵醒，連他都翻過身來面對我這裡，驚訝地看著這個女高中生的模樣。這景象應該可以成為他死前美好的回憶吧？

長瀨完全沒察覺周圍的好色視線，專注於手邊的作業，現在正要擦完第二本。我想著——長瀨在各方面總是不斷添我麻煩，讓我更堅定立誓要以更跩的態度對她。當然，這是騙你的。

過了一會兒，她終於全都擦完，長瀨將原本放在鉛筆盒裡的東西收一收，重新坐回椅子，用手帕擦乾額頭上的汗水，肩膀因急促的呼吸而上下起伏。

「我把所有邪惡都消除了。」

連筆記本也幾乎要被銷毀。她就像在城鎮大顯身手，代表正義的那一方。

我再次接下與其說要拿去影印，倒不如說該拿去資源回收的筆記本，隨手塞到書架上。這是題外話，因為戀日醫師借給我的（或是送我的？）漫畫實在有夠多，找不到地方放，有一半是硬放到麻由個人病房的架子上才得以順利解決。

「那我走啦。」

長瀨將書包抱在胸前，在羞愧心理的催促下決定退場。

「丟臉丟到我再也不敢來了啦。」

我心中卻浮現和「那真可惜」恰好相反的想法。

長瀨因天生的動作不靈巧和想要趕緊離開的焦躁感，急忙地磨蹭著雙膝把椅子摺好，把椅子像把垃圾丟到垃圾場一樣隨便往牆壁邊擺，接著垂下視線看著我。

「……啊，路上小心。」

我推測她是在等我向她道別，因此揮揮手這麼說。

長瀨依舊不發一語，臉上的肌肉一點也沒放鬆。

「掰掰細菌。老師再見；小朋友再見。祝好運。Arrivederci（再會了）。我很幸福。早安，初次見面，世界，我的家。」

我對長瀨用上這十八年來（小學休學過一年，所以現在還是高二）所有學到的招呼語，但她有如馬耳東風毫無反應，甚至眨也不眨眼。

這下頭大了，她不給點吃驚或生氣的反應，那我說這些話就沒意義了。

「怎麼了？」

不得已，我只好假裝嚴肅。具體來說是稍微把身體向前湊，嘴角緊抿，下巴往內縮。

長瀨擦了擦脖子上的汗水，順便用食指摳了摳頭皮。

「我在猶豫要不要說啦。」

「說什麼？」

「我可以抱怨一下嗎？」

枯燥的語調和視線，讓我全身的汗水蒸發，我說了句「可以啊」催促她繼續。

長瀨坦率地對我發動攻擊：

「欺騙小麻的透是個卑鄙的傢伙。」

長瀨丟下一句我從來沒學過的招呼語，輕快地離去。

她完全不回頭看目送她離開的我、高中生以及度會先生，伸手關上身後的門。

「真希望她可以常來探病。」

度會先生用帶有諷刺的笑容對我這麼說。對了，我從沒看過有訪客來這間病房探望他。礙於如果對這種人說「哎呀，要是真的常來那就頭大了」這種回答太沒常識，因此我只好回答「是啊。」度會先生咳得連聲噴出口水，說了句「好累，快死了」之後便和棉被一體化，他是個睡覺會連頭也一起用棉被蓋住的人。

「喂，哪個才是你的正室啊？在變成殺戮戰場前，把那個叫麻由的讓給我如何？」

我聽也不聽那個高中生的意見，看著窗外的風景。

窗外全都是乾枯的樹木，根本找不到開花爺爺的蹤影，而且已經開始夜幕低垂，冬天的荒涼景色一點也不好看。

「……………………」

我反芻長瀨最後丟下的那幾個字。

我在騙小麻。哦——

透是個卑鄙的人。耶——

「……有點不太對耶。」

怎麼可以不罵一下現在年輕人錯誤的文法。

我要訂正。

正確的說法應該是透是膽小鬼——

阿道才是卑鄙的人。

雖然每和長瀨見一次面就覺得喪失全身精力，但我現在可不能睡。

因為我得去接回丟給奈月小姐照顧的麻由才行。

所以長瀨離開病房還沒十分鐘，我也下了病床。

出去、走廊上，移動、病房。我得趕快把麻由接手回來。

我覺得我好像變成一張點陣圖，以緩慢的速度在走廊上前進。宛如和夜晚對抗的明亮燈光照亮走廊，不過冷到鼻頭和臉頰幾乎要龜裂的冬季寒冷空氣，卻無論光明或黑暗都擺脫不了它的糾纏。但是冷歸冷，還是比炎熱的夏天來得好。

我吞嚥口水滋潤乾燥刺痛的喉嚨，爬上樓梯。我的病房位於二樓，麻由的病房則是在個人病棟三樓，一個風景很不錯的位置，這又是一段遙遠而且會走到手痛的路程。

麻由剛住院時基於她的常識提議和我住同一間病房，不過很可惜，鄉下的醫院因很少有病患會要求住雙人房，而且也不能男女共住，所以沒有雙人病房。因為這個緣故，麻由對我提出兩人共住個人病房這第二個要求，雖然對我來說這方法挺不賴的，不過我還是想辦法拒絕了。

我並不是希望麻由可以遵守世俗的常識，反而很喜歡她這種奔放的想法。

我只是不想慢慢踏上變成麻由的小白臉的道路，這應該不是騙你的。

最後，我以答應麻由出院後會遵守一個約定，讓這件事圓滿收場。說到圓，我發現自己忘了圓形的計算公式，是因為我的頭老化得太嚴重了嗎？連圓周率也只能背到小數點第四位。

就在我有些憂心這老化的腦袋會不會得到類似笨蛋、庸才這種毫無知性的稱號時，突然有個「%（，（&#S#&%，&）～（（&，）），，&）（，）（～（，～！」朝我臉頰舔了一口。

在雞皮疙瘩還沒冒出來前，我就嚇得先喊出比「Ciao sorella」怪上五百倍的叫聲，丁字杖也跟著摔落在地。我右半身狠狠撞向牆壁，悽慘地摔到地上。

「哎呀，嚇死我了。」

別搶人台詞還用這麼溫和的語氣說出口！

某人就像要捏碎遲來的雞皮疙瘩似地用力抓住我的雙臂把我拉起來。是那個二十歲後半，不喜歡病患挑食吃剩的護士。剛剛那個像爬蟲類一樣舔我臉頰的，就是她的長舌頭吧？

她撿起倒下的丁字杖交給我握住，接著拍了拍我的肩膀，露出職業微笑。

「還有沒有哪裡會癢？」「拜託妳抓抓自己的頭吧。」

護士小姐一點也不在意我說的話，笑容滿面地對我說「你還真有精神。」大概不管我說什麼她都打著這樣回我的如意算盤吧？

「……請問妳剛剛的動作到底是為了什麼？」

「告訴你要吃晚餐啦，不過是一個護士突然萌生母性，想藉由肢體接觸告訴你嘛！」

「……我實在不知道該說什麼好。」

世界上有兩種人，一種是聽得懂人話的人，另一種是聽不懂的人。

不過眼前這個人卻是例外，話雖然說得很溜，但是腦袋卻根本聽不懂別人嘴裡說出的話究竟是什麼意思。

「抱歉抱歉，我想最多只不過慘叫幾聲而已嘛。你的腳沒事吧？」

「嗯，應該沒事。」

雖然以我跌倒的姿勢沒扭傷左腳踝很不可思議，不過幸好除了被路過的護士性騷擾之外，沒有什麼地方因摔倒而產生痛楚。

護士小姐朝我額頭上一敲，「嘿嘿」，調皮地吐出舌頭。

「雖然這種笑法不正確，不過卻超適合妳的耶。」

「啊？錯了啊？年輕人真難搞，那……耶嘿。」「比剛剛更適合了。」

這個人會讓人覺得她好像是自己的朋友。

老師也好；奈月小姐也好，在這個城市裡，我上個世代的人接受的到底是什麼樣的教育？該不會有進行過什麼單口相聲藝人的培育計畫，結果失敗了吧？

這個護士小姐雖然不是為了玩角色扮演才穿護士服，不過平常總是不戴護士帽。她都是看準其他護士或醫生出現時才把帽子戴上，和那些努力鑽學校老師服裝檢查漏洞的高中生沒兩樣。而她頭上那頂帽子現在就像戴歪的假髮，因為她瞄到有個醫生朝樓梯這裡走來才趕緊戴上，等確認那位醫生經過後，又把帽子捲起塞進口袋裡。接著護士小姐用手指梳理頭髮，她討厭帶帽子的理由大概是因為太過在意自己的髮型吧？我對頭髮沒什麼研究，說不出那種髮型的正式名稱，所以我就擅自命名為護士頭，和電音頭（註：techno cut，來自電音樂手流行的髮型）的由來類似。

「對了，你的秘密我都一清二楚喔。」

怎麼可能啊。

護士小姐的食指在我眼前順時針畫著圓圈，我很努力克制眼球別跟著打轉。

「我也知道妳的祕密喔。」

我說的是真的……她實在太可疑了。

我也伸出食指努力逆時針轉動，快來人讓我別再暈下去了。

「你今天下午被一樹先預約了吧?你這光源氏的勇姿我可是從頭看到尾呢。這算先買瓶酒寄放在酒店嗎?還是算逆指名呢?」

「一樹?……啊,那件事喔。」

從毫無交集的人口中聽到熟人的名字,讓我食指的動作停頓了一下。雖然她的表現看起來很像無照護士,不過好歹也是個護士,至少也應該知道患者的名字吧!

「從頭到尾?妳是翹班偷窺嗎?」

「才不是,我是工作中順便從窗外偷看了病房內部一下。」

一樹的病房在三樓耶。

「妳的工作是當宇宙人嗎?」

「沒禮貌。你以為我是那種會在七夕短籤上寫『希望彩色小雞的味道可以變得更好一點』的那種人嗎?」

「那妳也別瞎扯啊。」「啊,對了,關於那個一樹的事……」

又被無視了。這個城市的居民怎麼都這樣,難不成以自我為中心是他們的一般常識嗎?

「聽說一樹是我父親開的道場門下的子弟?簡而言之就是我家的弟子。」

我覺得這不只是簡而言之,連上下關係都被省略了。

我們同時停下手指的畫圓運動。

「你和一樹是什麼關係？」

「就像我和妳之間的關係。」也就是所謂不太熟的陌生人。

「是喔。這件事說不定你早就知道了，就是一樹她很害怕，自從名和失蹤了之後就不敢關燈睡覺呢。你去陪她睡如何？」

「是喔。」

「名和？」我直接跳過最後的建議。

「就是那個失蹤的孩子，名和三秋。」

「不知道她現在人在哪裡，真是的，傷都還沒痊癒呢。」

她不滿地哼了一聲，這是她第一次繃緊掛著笑容的臉蛋，我因她的態度對她改觀。

「護士們對這次的事件有什麼想法？」

我像個記者般詢問。

「感覺被捲進了事件裡吧！」

護士小姐又把帽子戴上，接著用手支著下巴，眼神望向遠方。

「譬如殺人事件之類的嗎？」

「……………………」

她的視線回到我的臉上，原本撐住下巴的手無力地垂下。

「我的同事會提供我的不在場證明。」

「別突然玩起推理冒險遊戲好嗎？」

雖然我也沒資格批評他人，不過我對她的評價又跌回原樣了。

「況且我根本沒有動機。」

「根本沒人問妳——」

「也沒希望升當護士長。」

「這是不當評價喔，妳沒被解雇就已經很不可思議了。」

「你說什麼——！」

我解除原本點陣圖的狀態。牆壁接下護士小姐為了宣洩憤怒而打出的一拳，發出沉重的撞擊聲……幸好這個人揍的不是我。

「我開的玩笑一點也不好笑呢。」

護士聽到我這麼說，露出皮笑肉不笑的表情。

「你是希望我把你說的話當玩笑帶過嗎？」

不過名和三秋死了。我現在沒有必要佯裝什麼都不知道，說些真希望她沒事之類的話。

護士小姐對著空氣自言自語地說「希望她沒事。」接著就像競走般使勁揮動手臂走下樓梯，看來她內心深處並不像外表那樣只懂得開玩笑，這一點和我並不相同。

就這樣，我在路上雖然遇到護士小姐的阻礙，最後還是順利抵達麻由的病房。

因為身旁沒有助手陪伴，我只好對自己下達開門的命令，不過執行命令的手卻因耳朵所受的刺激而暫時停下動作。門內傳來有如日本傳說故事的旁白般，特意減少抑揚頓挫的朗讀聲。這陣聽起來很像是在念祝禱文的聲音，以比法定速度還要低的速度一刻也不停息地持續著。

我站在門外等待，拉長耳朵辨識這聲音……似乎是奈月小姐在說話。雖然無法聽出內容，不過從句尾的結語判斷，是在念童話或繪本之類的東西給麻由聽吧？那麼，麻由有什麼反應呢？

雖然病房內也許發生意料外的狀況，但是我毫不興奮也不緊張，在驚訝情緒的引導下將手放到門把上，將門推開一半。

病房內當然有麻由和奈月小姐兩人，麻由坐在床上，上半身倚著牆，眼神筆直看向前方。她的眼神、動作竟帶有成熟的冷靜，肌膚乾燥又粗糙。

奈月小姐坐在椅子上，手上拿著一本又大又薄的書。

兩人都因為開門的聲響而發現我的存在，轉頭看向我。先不論心裡真正的想法，但兩人表面上都露出歡迎我的喜悅表情，麻由不解的表情也同時消散。

麻由想用手扶著床緣把腳放到地上，不過因為沒抓準距離撲了個空，就這樣整個肩膀連身體一起摔下床，就在千鈞一髮之際，奈月小姐伸手撐住她，將她推回床上，麻由並沒有反抗。

「阿道你回來了啊，剛剛的奇怪聲音是你發出來的嗎？」

奈月小姐拿著包包站起來，很自然地對我開口說話。我含糊不清地回答「嗯嗯」，朝麻由走去，麻由這次成功地移動到床邊，拍了拍旁邊的空位邀我坐下，從她的態度看得出來剛睡醒。

「那我先離開了。還有，這個給你。」

奈月小姐把手上的繪本交給我。

瓜子姬和天邪鬼。

封面這麼寫著。

奈月小姐和我擦身而過時輕聲說「不用擔心。」然後露出心術不正的笑容走出病房。擔心？我要擔心什麼？

我裝作什麼都不知道，在麻由指定的位置坐下，她立刻像玩磁鐵扮家家酒般黏到我身上。

「阿──道──道──阿──道──道──」

「好乖好乖。」

她的腦袋應該差點轉不過來。這時我想起護士小姐那句還附送口水的訊息。

「聽說快吃晚餐了。」

「嗯，我肚子餓了。」

因為妳午餐時間也在睡，根本沒吃。

「不過小麻做的飯比這裡的餐點好吃呢。」

「嗯，那是當然的啦。」

應該沒問題了吧？

「妳認識剛剛那個女人嗎？」

「完全不認識。」

麻由乾脆地否認。

……原來如此。換句話說，事情是這麼回事囉……？

「妳不討厭剛剛那個人？」

麻由並不排斥有人在她身邊。

「不——我討厭她。」

麻由無憂無慮的笑容上，帶著可能會突然臉色大變的警戒心。

「因為很懷念繪本上的故事，我才聽她念的。」

也就是說，她眼中的奈月小姐和收音機是同等級的嗎？就算是愛嫉妒的麻由，也不可能會對機器吃醋。

還以為繪本是奈月小姐帶來的，沒想到翻到背面一看，上面用漂亮的字跡寫著醫院名。

連收拾的時間都省了嗎？

「妳小時候常常看繪本？」

「你怎麼這樣問？我常常和阿道輪流看啊！」

麻由就像聽到三流黃色笑話一樣，氣到眼角上吊地反駁，我才終於想起阿道輝煌的過去，淡淡地回答「對耶！」不過其實是騙她的。

「我住在阿道家的時候，你會在棉被裡面唸好多繪本故事給我聽呢。」

我一句話都沒說，只是靜靜地看著麻由洋溢夢想的秀麗臉龐。

「阿道都念得很快，所以我聽得很辛苦呢——」

「抱歉抱歉。」

麻由對我這個不是發自真心的道歉毫無反應，哼著歌翻起繪本。她的臉蛋既端莊又帶有一絲幼稚，擁有矛盾、相互衝突的魅力。

她天真的動作給予我安全感，但手上的繪本卻用不安震撼我的心。

要我別擔心——可是……

奈月小姐好像什麼都知道似地這麼說。

我做了那些事……

當然會擔心啊！

擔心麻由是不是恢復正常了。

「……………………………………」

我真卑鄙。

原來我希望麻由永遠維持這樣？

維持壞掉；老做白日夢；分不清現實；被人玩弄的現狀？

可是不就是這樣嗎？

要是麻由的記憶恢復正常，那我……

……就會被丟掉。

「小麻唸給你聽吧？」

聽到小麻天真的詢問，我誇張地搖頭甩開腦裡的雜念。

「吃完飯再說吧。」

麻由回答「嗯，也對。」便將繪本收了起來。

沒有比奈月小姐更惡劣的人了。

這是要讓我不爽，最有效果、又最正確的方法。

「阿道你怎麼了？怎麼看起來快要哭了？」

麻由將身體滑到我的大腿上，躺著朝上望向我。

是喔？我現在的表情看起來像快要哭了嗎？

這代表我現在感到悲傷難過嗎？

「沒有啦，我只是發覺我真的很喜歡小麻，害我感動到想哭。」

就算說謊也好。

騙她也好、冒充也好。

就算是假貨也好。

是假的也好、是贗品也好。

就算沒有過程。

就算只有結果、就算是虛假的。

……我也會高唱笨蛋情侶萬歲，我真是個幸福的傢伙。

「小麻喜歡我哪裡？」

「我喜歡你是因為你是阿道！」

她臉不紅氣不喘，充滿元氣地回答。

了不起。

小麻說的是再正確不過的答案。

但為什麼卻錯了呢？

第三章 「尋求充滿自我主義之漆黑的夜晚」

那個小孩總是那麼任性，老是把不喜歡吃的食物全都給阿道。

像我就不挑食。

那個小孩頭腦超笨，老是要阿道幫忙寫作業。

我總是自己把作業寫完。

那個小孩、那個小孩、那個小孩什麼都不會。

我、我、我很努力去做所有事情。

可是那個小孩都不會被罵是笨小孩，就像我也從來沒被人誇過是好孩子。

我身邊沒有阿道、爸爸、媽媽會幫我。

這麼明顯的差異誰都看得出來，卻什麼也沒有改變。

吵死了。

阿道、阿道、阿道、阿道、阿道的。

那傢伙吵死了。

我是在十月七日這天，撞見某個男生向長瀨透告白的現場。

這件事讓我留下很深的印象，所以我連事情在幾點發生都還記得。那件事是在午休過後的打掃時間發生的。

我看到在鞋櫃區被告白的長瀨，以及擁有一頭生在男生頭上令人惋惜的烏溜黑髮的男生。

長瀨連「讓我考慮一下」這種餘地都沒給，就像一口把前菜全部吃光似地輕易回絕了，而那個男生也不甘受辱，丟下幾句難以入耳的話後小跑步朝我站的位置的反方向離開。這小子連下跪懇求順道偷窺裙底風光的毅力都沒有嗎？不過如果踏出這一步，我看連朋友也當不成了吧！

長瀨看也不看那個男生離去的背影，朝和他相反，也就是我站的方向走來。

午休時間已經結束，正要前往打掃區域的我連閃也懶得閃，就這樣佇立在那裡。

長瀨看到貼著牆杵在那裡的我，驚訝得連瞳孔都縮小了。

在這種情況下，就算要裝做沒看到我也有點困難，她不好意思地停下腳步。我倆一語不發地直看著對方，最後先開口的是長瀨：

「你是偷窺狂嗎？」

打從她換位置那天起，這是我第一次能出現在長瀨視線範圍的正前方，對我來說她也是。

「我只是偶然撞見、碰巧聽見。當然，我不會說出去的。」

「你說出去我也不介意啦，反正挺多人知道這件事。」

「……真難懂的話耶。」

難不成這間學校傳遞情報的速度是光速嗎？

「我不是第一次被那個人告白啦。小學一次、國中一次，加上這次就第三次了。」

長瀨十分厭煩似地這麼說。在這一點上我也一樣。

「看來他很喜歡長瀨嘛。」

「可是這樣子讓我很困擾啦！小學那時候我有喜歡的男生，國中又正處於思春期，覺得被告白超丟臉所以拒絕了他，現在……已經變成習慣啦，就像有一就有二，無三不成禮那種感覺。」

總之，基本上她對那個男的沒有好感就對了。那麼，不管他告白幾次都沒用吧？

「對了，我問一下，那種說話方式是怎麼回事？」

「友善的證明啦。」

只要加個「啦」，就算是討厭的對象也會有友好、和過去不同的感覺。她雖然如此斷言，但我卻回了一句「沒這回事吧」來否定，不過長瀨無視我說的話。

「前陣子的事，整件事都讓我很介意啦。就是關於名字的事……」

「妳也是？」

長瀨開心地大幅左右搖頭。

這一刻，縈繞在我倆心頭的那道牆融化、變薄了。

「國小入學典禮上，我的級任導師看了學生名冊之後，竟然說有男生的名字被寫到女生那邊去了，害我被全班同學恥笑，從那之後我就很討厭我的名字啦。」

長瀨露出宛如找到伙伴的喜悅，開始七嘴八舌地講起自己的故事：

「小孩子超討厭的啦。從那件事之後，有好一陣子我連書包的顏色都被人拿來取笑哩！笑我的書包為什麼是紅色的。我雖然滿腔怒火到想回罵他們——看我怎麼把你們揍到滿身是血！可是那時候我根本還不懂怎麼表達自己的意見，只是一味哭泣啦。」

長瀨平靜地邊說邊用腳踢著，垃圾箱就這麼被踢翻了。

身為環境美化委員一員的我，收拾了散亂一地的垃圾。

「抱歉。」

長瀨覺得很不好意思似地向我道歉。

「這種小事不用介意啦。」

「那你也是有理由的嗎？」

「是啊，我也遇到挺多事的。比起好事，遇到壞事的次數比較多。」

我想起以前那個和我一起待在惡意之巢穴的女孩。

那個女孩是怎麼叫我的呢？

「用片假名寫就更可愛啦，我倒很喜歡耶。」

「囉嗦，那送妳好了。妳好好活用它吧。」

「啊，這主意太好啦。」

「什麼主意？」

「就是名字啦。今天開始我就叫做長瀨××啦。」

……雖然耳朵有點痛，不過我應該沒聽錯。

「所以你就叫透啦。」

「妳的意思是交換名字？」「對啦。」

「……我是無所謂啦。」「喔喔，友好效果也加倍啦。」

「哪裡加倍了……」

從這時開始，對長瀨來說我變成了「透」。

不過我從來沒有用長瀨這兩個字以外的名字叫過她。

因為我的名字過敏症非常嚴重。

麻由住院期間的晚餐，都在我住的病房裡吃。

麻由因為偏食而丟給我的菜餚，我不一定全吃得了。不過，這間醫院彷彿訂有必須對萬物懷有憐憫之心的規定，嚴禁剩飯存在到一種不可理喻的地步。再加上我的胃在還沒動筷子之前就表示拒絕攝取這些食物，所以我只好私底下把剩下的食物給別人吃。換句話說，這是醫院為了讓人深切體認到人無法靠自己獨活而編出的冠冕堂皇的謊言。

所以即使麻由說要徹底抵抗醫院的做法，但經過我以低頭認錯的態度說明後，她雖然有些不甘願但還是接受了。因為比起討厭的人，把討厭的食物處理掉這件事較為優先吧！

而現在正是晚餐時間。

「阿道，這個。」

「好、好。」

我從小麻手上接過盛有醃小黃瓜的碟子，不過我一口也沒碰。反正要是剩下，度會先生一定會把東西全都放進他的胃袋，這似乎已經變成習以為常的光景。反正我也不是進食的當事人，不需要怕他吃太多而硬阻止他吃。

平常送餐的護士小姐早已去了別間病房，所以也不會有人罵。那也是個令人頭大的傢伙。

我把餐盤放到邊桌上，麻由正在解體那隻煎白肉魚。她把骨頭拔得一根不剩，這一點和不靈巧的長瀨完全相反。長瀨以前不過幫一樹削蘋果皮，結果削完後蘋果被她的血又染上一層紅。回家前先順道在醫院處理手上傷口時，長瀨的沮喪表情到現在還保存在我腦中的相簿。

「怎麼了嗎?」

麻由這麼問道。「那是某人的黑暗陰謀啦!一定是因為血漿的關係啦!我可是花了三年用火柴棒拼出房子的天才耶!因為蘋果皮有營養價值削掉很可惜,所以一時手滑、不注意、血液逆流才會……氣死我了!」看來我似乎因為回想起長瀨當時回家路上說的話而無意識笑了出來。我回了麻由一句「沒事啦」,但聲音有些緊張走調。

不過這句話麻由卻沒有聽過就算了,她露出失望的表情,開始用筷子猛刺魚肉;大口大口地灌著麥茶。這和從個人病棟走到這裡的途中,被某個男性輕浮地攀談時所表現的冷淡態度完全不同,是十分粗魯的反應。

「小麻?」

麻由板著臉當作沒聽到。她今天沒有用筷子夾食物到我嘴邊,而是默默地咀嚼著食物,她的動作和用筷方式實在很高雅,大概是因為她過著公認的大小姐生活,舉止才這麼完美吧!

不過這件事不重要,讓麻由突然心情不好的理由是什麼?她不可能讀出我的內心想法吧?就算她會讀心術,那筷子的目標應該不會是魚,而是筆直朝我刺來才對。

等待會兩人獨處時再打探看看,也說不定麻由會主動挑釁,到時候我再想辦法從對話中讓她的心情恢復正常。不對,應該貪心一點把目標訂為讓她開心,所以我得先讓麻由回答幾個問題,現在不是搞小麻、阿道那一套的場合。

之後我和麻由前往她的個人病房，雖然待會一起睡，不過在那之前得先洗澡；刷牙，還得去便利商店印筆記。

對了，還得順便去參觀一下六天前剛出生的新生屍體。

去看屍體這種行為會讓人產生什麼感覺呢？是感覺到恐怖、有趣、不吉利呢？還是懸疑、驚悚、神秘呢？有想看屍體而聚集的人，也有認為發現屍體代表命運，且具有很多意義的敏感者吧？

以我的立場來說，危險是我第一件想像到的事。

名和三秋已經變成屍體這件事應該還沒公開，因為警察現在還把她當作失蹤者處理。如果有人殺害名和後把遺體藏起來，代表那個人認為要是屍體被發現就慘了，所以才硬是在附近找了一個藏屍體的地方，我對這一點並不怎麼擔心。

只不過要是那些和事件無關的第三者，也就是那些巡房的護士看到我，還把這錯誤的情報提供給每天努力在醫院裡四處徘徊的警察，那可能會召來不必要的誤解害自己被當成嫌疑犯。不過這麼一來麻由就不會被懷疑，這方法我是有當成備案考慮，不過現在就決定用這種方法還太早，因為這個案件的犯人說不定和打傷麻由頭部的犯人有直接的相關性，不過到現在一切都還不明朗。因此我打從心底認為自己該優先做的，就是去了解那個事件。

「……………………………」

因為我必須找到名和三秋的屍體藏匿地點，並從遺體判斷死因，所以等一下得從麻由口中套出犯罪現場在哪裡。為了消除情報不足的問題，今天我有必要踏入危險。

首先得從讓麻由恢復好心情開始。

我和往常一樣在麻由的病房裡陪著她，把床的一角當作椅子把腳伸向病房中心。麻由則是嘟著嘴搖晃雙腳，不過因為她偶爾會打幾個呵欠，所以現在還感受不到憤怒。

「吶，妳在氣什麼啊？」

我小心翼翼避免碰到傷口，伸手將她拉向自己，傍晚自虐性的思考在口中苦澀地蔓延，不過苦澀感被剛洗好澡的麻由身上散發的熱氣與香氣中和，讓我的手一直放在她的肩上沒有離開。

算了，這種暖烘烘的幸福感也不錯呀。

近距離看著沒有獲得許可便拆下繃帶忍著痛洗頭的她；發燙的頸部以及搖晃著的嬌小雙腳，我身體的某部分似乎也被淨化了。

「好，我打起精神了。」

我這麼說。麻由果然很棒，不需要原料就可以製造出幸福，連煩惱都像變鴿子魔術一樣乾脆地被消滅了。身為人科人屬的人類，我承認自己甘願忍受別人批評我的精神構造太過簡單，不過簡單有什麼不好嗎？

我決定開始稍微喜歡自己，雖然我看是不太可能。

「我問妳喔……」「吶？」

我的台詞又被壓過，今天已經是第二次了，當然我還是把發言權讓給麻由。

麻由嘟起的腮幫子是消了，但眼眶的滋潤度卻提升了。

「你討厭我嗎？」

「啊，不不不，沒有沒有沒有，妳等一下。」

我化身為歌舞伎演員，用上全力宛如要耗盡上千卡路里般使勁否定，還差點急到發燒，不過這當然是騙妳的。

麻由更加淚水盈眶地揪著我的胸口。

「你討厭我嗎？」

「不，不是那樣，哎呀——本國語言還真難用，我當然喜歡妳呀，ICH LIEBE DICH。」

這時候要是不投出個直球定勝負就辛苦了。

「ICH……LIEBE……？」

反正她也不知道。

「嗯……把這個字的解釋再稍微擴大一點，就是我想在這個城市和妳一起生活吧！」

麻由雖然沒有舉起雙手喝采，不過至少眼裡的淚水少了些。

「那，和我在一起不開心嗎？」

她丟出一個稍微修正了方向的問題。

「因為阿道和我說話的時候都不笑。」

……原來是這麼回事。之前好像也有過類似的問答，不過那時候才剛說完，手跟雨傘也跟著飛來，連被推了一把的我也飛了出去。現在重新想想，真希望這個冒充阿道的傢伙別用輕忽、錯誤的態度對待自己的生命。

不過，我究竟是怎麼了呢？如果不是自然流露的爽朗笑容就沒有意義，可是我根本做不出那種笑容，所以我也不可能故意裝笑，況且我本來就不適合笑。我雖然是高中生，不過我又不是熱血的棒球少年，我參加的可是文化性的社團。

「我很開心啊！」

直接說出心中單純的想法，這對麻由不悅的漠視態度說不定是個好方法喔。

「如果不開心的話，那妳覺得我為什麼要和小麻在一起？」

嗯，就採取這個路線吧！

「我不知道。」

「就是這樣，我也不知道。因為很開心，何必想那麼多。」

這招如何？我以獨樹一格的方式讓想法逆轉，我覺得這個發展還不錯。

「那就笑啊──！」

麻由從懂事的小孩變成任性天真的少女，緊握著的雙拳接續落在我的上半身。她絲毫沒有控制力道，她也不會去做那種調整。

因為麻由對受傷和痛覺很遲鈍。她並不是感覺不到物理面的東西，而是很難和內心的靈敏感受連結在一起。除非是被非常討厭的對象，例如被前精神科醫生從正面揍她，不然她的心根本察覺不到痛，所以她也不會懂別人痛不痛。

「因為我的笑容很醜，難看得要死，我不想讓小麻看到。」

不過我內心拚死命地想著……騙妳的。起碼我也想被叫中等帥哥。

不過沒想到麻由馬上否認我這個自以為很棒的理由。

「才沒那回事呢，其實很帥喔。」

……我的臉一點也沒紅起來。騙你的。

「我…我說啊，妳那麼討厭我不笑嗎？」

我的聲音因害羞而上揚、走調，不過都是騙你的。

「不是討厭不討厭的問題，只是小麻希望你和我在一起的時候都笑咪咪的──！」

實在搞不懂她的意思，不過我非得理解才行。

這個嘛，總之就是要學習小麻的意思囉？

……不可能吧？如果我是個美少女就算了，但我可是個微不足道的高中生耶，雖然麻由、長瀨、一樹、老師還有奈月小姐都說我長得還算不錯，不過這不代表我可以穿女裝，況且問題根本不在這。我的腦袋開始混亂，該結束思考了。

我放棄連哄帶騙的方法，直接正面迎擊，至於會不會粉身碎骨就交給命運決定了。

也就是正色地說：

「我不太會笑。」

麻由的動作突然變得僵硬，表情變得有點嚴肅。

「我沒打算辯解，況且這也不是努力就可以改變的問題，所以我不會再多做解釋。不過和小麻在一起，是我最輕鬆、喜悅、快樂、愉快又幸福的時間，這一點請妳相信。」

我沒有吃螺絲，不讓臉部溫度上升，也不撇開視線。

這是我所能表現出最大的誠摯態度。

麻由落下剛才都靜止不動的雙拳，兩手各揍了我一拳。

然後又像賭氣睡覺一般，把臉趴到我的大腿上發出「嗯……」的呢喃。

雖然她還不能接受，不過大概已經原諒我了。

看到她這樣，我緊繃的肩膀也得以放鬆。

我用手指梳理麻由還沒有完全乾燥的髮絲。

這就叫做剛出浴的美女隨侍在側吧，不過感覺好像哪裡不太一樣。

我秉持著欲速則不達的態度，好不容易終於要進入正題了。

「吶，我有兩件事想請妳告訴我。」

「嗯——」

「小麻是在哪裡看到屍體的？」

麻由抬起趴在我大腿上的臉，發出貓咪威嚇的叫聲，紅通通的鼻子和額頭上被濃密頭髮蓋住的傷口都露了出來。

「不可以搞劈腿啦！」

如果是要劈腿也太那個了吧，對方可又不可能復活變成殭屍，是一具死透了的屍體耶！不會動、不會說話、不會笑也不會哭耶？

「不可能和死掉的人搞劈腿吧？」

「那是兩回事。死了也好，活著也好，我不要阿道對我以外的東西有興趣。」

麻由用理所當然、氣憤、超然的態度這麼說。

嫉妒的範圍還真廣，看來她的人際關係裡沒有反托拉斯法（註：防止不公平商業行為的法律）。

不過我體內卻有一部分的自己無法接受麻由的那種感性。

就是所謂藝術家叛逆不受拘束的個性吧！不過應該是騙你的。

「我對她沒有興趣啦，只是為了自衛以及為了小麻，我想稍微調查一下。」

「嗄?為了我?」

「嗯，因為小麻現在正處於有點危險的狀態。」

不是恐怕、也許而是肯定，但實際上我並沒有確切的證據。

麻由的眼珠子左右跑來跑去。

經過像那種會吐口水抹到頭上並盤坐在地上的人思考事情所需的時間後，她的眼睛終於在正面停下，大概終於想出結論了吧!

「不可以。」

啊——?拜託妳像個在居酒屋拒絕分手談判的人一樣果斷一點好不好。

不知道是不是收到了我的抗議，麻由皺起眉頭，把臉扭了過去。

「可是你調查的話不就會看到身體?不行不行不行——」

她不斷左右翻身配合後半段一連串的不行。但我沒辦法肯定地說才不會有那種事，因為真的有檢查身體的必要。

事情變得如此，不得已之下我只好這麼做了。

「那小麻也一起來吧?」

麻由剛好翻回正面，她停止翻身，用狐疑的視線看著我。

「妳來監視我有沒有劈腿不就好了？」

其實這並不是我希望的形式。

如果連這樣都被她拒絕，那我就只好乖乖放棄，直接去便利商店了。

「嗯──……」

麻由有些不甘願，咬著自己的大拇指，露出不知所措的眼神。

我猜測──好麻煩喔或很冷耶之類的想法正在她心中不斷糾葛。

麻由突然「啊！」地叫了一聲，接著把腳收到身體下方，立起上半身擺出跪坐的姿勢。

她凝視著我的眼睛。

麻由那對平常就散發著異常虹彩的雙眼，發散出更加耀眼的光采。

這是她敘述回憶時會發生的現象，因為這種回憶朦朧浮現的現象太常見，就不特別命名了。

「探險扮家家酒！」

「嗯，是有點像。」「好懷念喔──上小學之後，我們常去學校裡面四處探險呢──」「是啊（改變態度中）。」

有時候還會兩個人一起騎單輪車吧（捏造中）。

「那時候感覺學校好大，高年級生用的二樓和三樓好像是完全不同的地方，害我緊張又覺得有點恐怖。牆壁下的小通風口有時候會沒上鎖，我們還會跑到理科教室裡玩呢！」

麻由吸了吸鼻子，讓對話先告一段落，她揚起視線，像是在等待我的回應。

「對啊。」

「你還記得嗎？我最喜歡的地方。」

「嗯，圖書館旁邊的預備教室。」

雖然我從來沒去過。

不過我似乎答對了，她對我露出滿面笑容。

「你果然還記得——」

「妳很喜歡轉地球儀吧。」

雖然我一次也沒看過。

只是以前和麻由過著淒涼的同居生活時曾聽她說過罷了。

麻由嗯嗯地，激動地表示肯定。

「那時候好開心喔……」

麻油破涕為笑，用啜泣的聲音充滿懷念地說出這句話。

就像喪禮結束後緬懷故人一樣。

不過，不一會麻由又馬上表現出小女孩的舉動。

「那我就拾回童心，陪阿道走一趟吧——」

「哇——謝謝——」

我裝出開心的態度。

麻由從床上跳了下來，半跌半站地落地。

麻由從櫃子裡拉出塞滿衣服的肩背背包，把包包裡的東西全丟到床上。用來更換的衣服、睡衣還有內衣內褲類的衣物都散亂在床上。麻由接著在病房裡東奔西跑，開始以她的方式著手為探險進行準備。

「麵包、小刀、燈——」

喂喂喂，那個第二樣東西……

「沒收。」

在麻由把用毛巾一類的布裹著的水果刀放進包包前，我把刀子拿了過來。

「不可以——！這是保護阿道用的！」

麻由朝我的右手撲了過來。喂喂——我的右手上可是握著一把刀子耶——

在還能以玩笑收場前，我做出了讓步。如果名和三秋的死因是被刺傷，可就會超越原本只是要判斷死亡時間的目的，直接躍升嫌疑犯候補。不過更糟糕的是萬一碰到犯人，麻由說不定會變成真正的殺人犯。不管哪一種狀況都危險到極點。

「再加上熱情的態度跟兩個眼球，一切就太完美啦！」

麻由一副要去找尋天空之城般的氣勢，將背包背帶掛上左肩走回我身邊。

「阿道要空手去？不帶一些吃剩的麵包嗎？」

「我帶錢包、手套還有桌子上的東西，大概就這樣吧？」

從病房一塊帶來的長瀨的橫式筆記本共五本，現在正放在桌子上。

「這是什麼？」

「我的筆記本，我得去印一下。」

麻由拿起其中一本筆記本確定上面的內容，我擺起架勢怕她抱怨——這根本是女孩子的筆跡嘛！沒想到她竟然以「再多練一點字吧」責備我。長瀨，幹得太好了！沒想到妳寫出像暗號的文字那種笨手笨腳的特點也有用處耶！要是我這樣告訴她本人，她可能會用枕頭來反駁我吧？

麻由幫我把筆記本放進她的包包，在她的催促下準備好鞋子，一切準備就都妥當了。現在的時間是晚上七點半，因為我打算等熄燈時間過後隔一陣子再行動，所以現在時間還早。

我制止好像等不及想馬上衝出去的麻由，讓她在我身旁坐下。我怕她在等待期間連呵欠都沒打就睡著，所以決定先問出地點。

「妳打算去哪裡探險？」

「嗯，先走出病棟，繞到後面會看到的建築物。」

「嗯……是舊病棟那裡嗎？」

「對、對。」

現在是被當成夢之島（註：原本是填海做成的垃圾處理場，現為公園）對待的垃圾場。

我從婆婆媽媽社群的對話中聽說那棟建築預計明年要拆掉，種植樹木改成散步道路。

「好期待喔……」

麻由的雙腳在空中擺動，像在說夢話般呢喃。

她把身體靠在我的肩膀上，我很自然地握住她的手，她的手只比長瀨小一點點。

「吶。」「嗯？」

麻由有點睡意的動作、視線以及語調都讓人印象深刻。

「阿道你都不笑也不哭耶。」

「……對呀。」

因為我的心根本空無一物吧？

晚上九點的熄燈時間過後四十分鐘，我和難得熬夜成功的麻由離開房間，走到只有緊急燈光朦朧照亮的走廊上。

「喀滋——喀滋——」

麻由配上不怎麼像的背景音樂，大概是在學常在恐怖片裡出現，那種在一片漆黑當中，硬質底鞋子走路所發出的聲響吧?實際上是拖鞋發出啪噠啪噠，還有丁字杖發出咚咚的聲音。

麻由換下睡衣穿上平日的便服，把白色包包的背袋斜背，十足出外遠足的氣氛。

我現在還看不出來，今天晚上出去她是會興致勃勃的呢?還是睡意會阻撓她的行動?

「妳今天到這麼晚都還醒著呢。」

我在半途坦率地稱讚她。有一半是覺得可惜，虧我還期待她會在等待期間跟我說晚安，麻由生氣地瞪著我，一點也不開心。

「你把我當小孩。」

「才沒那回事呢，妳很厲害呀。」

「小麻啊啊啊啊啊我喔喔喔啊……」

她打著呵欠，不知道在說些什麼。

我們走到一樓，朝遠離洩出燈光病房的方向走。破壞正面玄關的鎖，等回來時再恢復原狀的這個妙案既不怎麼樣而且我也沒想到，所以最後決定利用後門。

我們在裝設有很多緊急照明，且被染上一層宛如公共電話亭般綠色色彩的世界，以緩慢的速度前進。轉向和通往大廳相反方向的道路後，路上稀稀落落地擺著紅銅色的長椅。

抵達醫院最深處的緊急門前，走廊盡頭的一角擺著早已圓滿迎接使用期限的滅火器，還有一開始頭漂得像棉花一樣白，但現在已經像個爛葡萄一樣靠在牆壁邊的拖把在那裡站崗。

「要開門的時候會緊張耶。因為不知道有什麼，或是會看到什麼。」

麻由把拖鞋放進包包，拿出一雙毫無汙垢的乾淨鞋子，因為麻由曾向我說明舊病棟的地板上有碎玻璃之類的東西，穿拖鞋腳可能會受傷。我讓她幫我其中一隻腳換上鞋子，用溫柔的語氣回答「也對」，接著用手抓住那個讓我厭惡的金屬製冰冷手把並將其轉開，那個一點也不緊急的逃生門就這麼被打開了。

走出門外，我們踏進的地方是已生鏽發紅的緊急逃生梯正下方，被樓梯陰影渲染的地面。我們注意著不要撞到頭部，朝草木乾枯的地面移動。

麻由不滿地抱怨「好冷」，毫不客氣地緊緊抱住我裹著繃帶的左手。

「這樣我的手不能動。」

我試圖拉開她的手，麻由卻緊緊摟住我的手表示反抗。

「在要用手之前，先維持這樣。」

「……嗯。」

從人類的觸覺及聽覺，感覺得出冷風正在訴說自己失去了可以吹動的草木，就算在睡衣上穿著便宜外套也阻擋不了冬季冷風的侵襲。為了不被想打道回府和麻由廝磨取暖的衝動所誘惑，我集中精神傾聽在遙遠上空盤旋，由非生物所發出的鳴叫聲。

有雲飄移的晴朗夜空是我很喜歡欣賞的風景，即使被強風把身體一分為二，雲依舊在空中繼續流動，我抬頭看著如畫的景象，多少驅散了心中的寒冷。剩下就是在我的行動欲望萎靡之前，靠決心讓身體行動而已。先去參觀屍體，再去影印不太值得感激的筆記本，一切都只是為了達成這兩個目的。

麻由喊著「噹噹噹——」擺出一個把手握成圓型的動作，接著拿出準備好的燈，也就是從包包裡拿出手電筒。這是配置於個人病房的手電筒，打開電源，前方某一區就如白天般明亮。看著她一連串的動作，我才發現我一個人是不可能握著手電筒的。沒想到把麻由帶來是正確的。

接著，我們現在得從身處的東側，以順時針的方向朝西北移動。因為醫院的正面出口就在北邊，而且途中還有停車場，不小心不行。麻由拿著手電筒，依依不捨地離開我，和我保持僅僅如薄紙般的距離。

現在不需要和雨水抗爭，所以只要不輸給冷風地踏著土地前進即可。比起踏在科學建造的走廊上，走在自然的大地上更不舒服，丁字杖落地的觸感也不怎麼好。

走到南面，醫院建築成了擋風牆。我們走出建築物的陰影，醫院佔地的牆邊有一排花圃，以有點微弱的聚光燈照亮花壇，可以看到幾朵花沐浴在人工的光線下。不過，把那些花和我腦中貧乏的知識相比對的結果，我也只認得出水仙花。種在花圃邊對抗蟲蛀的水仙花，輕輕地對我們打了一聲招呼。

「吶，如果我現在睡著了，阿道會怎麼做？」

我會把妳放在以草木做成的床鋪上。騙妳的。

在手中微弱光線的照射下，麻由隱約浮現的表情沒什麼特徵。

「我會解開腳上的繃帶背妳回去啦。」

聽我這麼說，麻由大概安心了吧，開心地放鬆原本緊繃的臉蛋，不過拜託別在這時睡著。

南面的直線已經走完了一半。沒有曝露在寒風中讓人有一種舒適感，讓我再次了解平常居住著的，根本不當一回事的房屋所具有的功用。我的老家和叔叔家都是木造房屋，雖然是不耐火災和地震的設計，卻很耐風雨，我現在已經能深切了解到那有多麼值得感激。

可以做這種好像領悟到什麼道理的思考，也只有人還在南面這段時間而已，痛苦就在眼前等著我們的到來。

從西面朝北走時就變成迎風。今天這種風勢如果是在搞笑漫畫裡，大概會大叫一聲然後被吹到遠方，甚至連鯨魚也會被吹到天空上。

「我幫妳擋風。」

我讓麻由躲在自己身後，這樣應該有點效果吧？再來只要想辦法顧好自己就可以了。

應付這種狀況的方法就是讓頭腦瘋狂，學習當一個狂人。雖然有點懷疑能不能成功，不過總之就是故意讓腦袋失靈，假裝感覺神經沒有連接上就好了。把所有的感覺，也就是透過第六感得知的事物分解、解體、享受、傳達、共同感受，找出失去的兩種感覺交會時充滿聲音以及文字色彩的那瞬間，轉換成可以讓自己進入新天地涅槃來世的矜持。我遵循這個難懂的理論，通過西病棟旁對一般訪客開放的收費溫泉，就到達了位於每天都不知道在做什麼工程的工地一角的舊病棟，並修正我的腦袋已經瘋狂的部分（辦得到嗎）。

舊病棟是根本無法和現在的醫院相比，十分嬌小的建築。樓高兩層，正面的陽台醞釀出怪異的氣氛。甚至散發一股好像正有某人從窗邊朝下看著我們——這種類似B級恐怖片的氛圍。心裡一這麼想，原本毛骨悚然的感覺就稍微消散，以前看過的殭屍電影開始在腦中的一角播放。

塞到爆滿的垃圾袋散亂一地，團團圍住建築物的周圍，根本是一點也不夢幻的聖誕禮物。外圍是總有一天會被回收的垃圾，裡面則是以不須回收為目的，違法丟棄的垃圾。亂扯的玩笑就開到這裡為止吧！

入口貼有一張寫著非相關人員禁止進入，一點創意都沒有的紙製警告標語。我們兩人正在住院中，所以應該是相關人員吧？不，我是這裡的居民，所以不可能不算相關人員。我這麼自行允許後，毫不猶豫地進入舊病棟。不過其實我根本沒有想那麼多啦。

正面大門雖然有上鎖，不過只要稍微搖個兩下就可以輕鬆解開，這個鎖真沒堅持。

「我之前是在這個裡面等，等有人走出來才進去的。」

「嗯，真聰明。」

麻由這次掛著笑容回到我左方的老位置。

我連一句「笨蛋情侶來打擾囉！」也沒說，直接穿著鞋子走進去。玄關旁的拖鞋箱裡還擺著當時茶褐色的拖鞋，宛如聲明著這間醫院現在還在營運沒有被廢棄。我們當然沒有換穿拖鞋，直接穿著鞋就走了進去。

這裡沒有自動門這種可疑的設備。打開即將腐朽的門前往櫃台，乾燥的臭味及灰塵用熱情的舞蹈迎接寒冷的客人，甚至讓我猶豫該不該呼吸。真是一片灰塵海，不，灰塵河川。我不自覺地想到，住在沒和海洋連接的地方的人們老愛拿海做比喻。不過這件事我大概明天就忘了吧？

麻由控制的手電筒照出填充物外露的長椅、櫃台旁綠色噴漆已經斑駁剝落的公共電話、耳朵斷掉一隻的兔子玩偶，除此之外也照出櫃台後方通往診療室的門正半開著，這得分倒是挺高的。另外，院內寂靜到讓人耳鳴，只偶爾傳來奇怪的聲響。

只有掛在等待區連成一排的長椅後方牆壁的時鐘還在運作，在這個過去曾充滿疾病的場所刻畫出每分每秒。時鐘顯示的時間和正確時間多少有點差異，雖然它刻畫的是過去的時間，但時鐘的動作一點也不遲疑、不猶豫。讓我不禁猜測是不是原本打算當鬼屋賣掉卻沒成功呢？

我瞄了麻由一眼，她絲毫不覺得恐懼，正在院內拿著手電筒四處亂照。大概是這種被時間遺棄的空間對她來說一點也不稀奇吧？對麻由來說，這景象不過是種讓她回想起耀眼到根本無法辨識的過去的偵探遊戲，這些過程對她而言根本沒有意義。算了，只要對她來說是好結果，那這樣也就夠了。

地板並非嘎吱作響，而是已達到啪滋啪滋地預告某個東西即將粉碎的程度，連用丁字杖撐地都多少煽起我內心的不安。櫃台右方有一條通往裡面的道路，在那前方擺著一些老舊的機器。似乎是測量血壓的機器，不過因為上面佈滿蜘蛛絲，所以我根本碰都不想碰。

「這裡感覺好像是理科教室加上保健室呢──」

麻由興高采烈的意見讓我十分佩服，醫院不過就是這種地方而已嘛！

「妳是在哪裡遇到屍體的呢？」

「在二樓，藥味很重的地方。」

噢？那種地方可以蓋住屍臭，原來犯人選了一個不錯的藏屍地點。

「小麻是從哪裡開始跟蹤搬運屍體的人呢？」

「我想想，我從病房的窗戶看到奇怪的人，不知不覺就追上去了。到這附近才發現，喔──有屍體耶。」

「是喔……那個怪人手上還有拿其他東西嗎？」

「沒有，因為他扛著屍體嘛。」

「……哇，玩試膽這也太超過了吧？」

「所以，小麻也要背背。」

拜託妳也差不多一點。

為什麼這個女的會做出這樣不經思考的舉動呢？光是一個人走樓梯就夠危險了。不過，關於這個問題並沒有明確的解答，是個像詐欺般的問題。

就像出於欲望而犯下罪行，不需要什麼有理智的理由，不過是被惡意所吸引罷了。

再稍微往裡面前進，右手邊有一條走廊，據麻由所言，只要再走兩個病房就到樓梯了。每走一步，地板上的灰塵就跟著飛揚，就像試圖沾濕腳踝一樣糾纏在腳邊。

銳利的月光把地板漆上淡淡一層月色，用神秘點綴頹廢的病棟。

雖然夜晚的國王沒有出現，不過我們前進的道路就像能聽到貓頭鷹叫聲從遠方迴盪的環境。因為偶爾會有風從外面吹進來，朝窗戶一看才知道幾乎一半的窗戶玻璃都破了。不過，用單手拿燈探索逐漸腐蝕的醫院，會讓人誤以為自己闖進了崎玉的廢棄村落。我看，不如來祈禱希望屍體不要復活好了？

走廊途中經過的病房裡放著六張沒有棉被的病床，上面並沒有最近曾使用過的跡象。要嘛，讓名和三秋睡在這裡不就好了？我的想法毫不考慮犯人的心境和狀況。不過我立刻改變了這個想法，因為如果這樣做，萬一發展成哪一天其它床上也出現不認識的屍體……要是發展出這種五流的劇情那就頭大了。

我小心地不讓丁字杖壓到散落在地板上的碎玻璃，並謹慎地讓踏著看似危險步伐的麻由不要摔到碎玻璃上，小心翼翼地在腐朽的木板道路上前進。

就在行進期間，麻由凝視著被光線照亮之處。

大概是察覺到我的視線吧，她緩緩地把脖子向右轉。

由於眼睛已經習慣這片漆黑的環境，所以很容易就能看到麻由開心的笑容，這是件好事。

「吶，阿道什麼時候出院？」

看來她正在思考和現狀沒什麼關連的事情。

「這個嘛，等我可以只用一支丁字杖的時候吧！」

其實我根本不知道會是什麼時候。

「小麻再一個禮拜就要出院了。」

「那我也在那一天回小麻家吧？」

這是標準解答。麻由滿足地瞇起眼睛同意「就這麼辦吧——」腳步也變得輕盈。因為這個緣故，我稍微改變移動的方法，用丁字杖頂住前方地板，等腳移過去後再像踢地板一樣朝丁字杖上施加力道。這種方法稍微提升了我的速度和步伐。

「會不會留下傷口啊？」

麻由隔著我幫她重新包紮的繃帶指著頭部的傷口。自己和他人製造的傷口，哪一個會留下比較明顯的痕跡呢？對了，我的頭上也有一個傷痕。不過就算是我們，要笑著說「這下子剛好可以湊一對呢」之類的話也有相當的難度。

「就算有傷痕，小麻還是小麻啦。」

我意義不明地肯定麻由的存在，雖然麻由也絕對不懂這句話的意思，不過看她開心地放鬆緊繃的表情，我就知道這句話說得有價值。

走過第二間空病房後，旁邊就像麻由說的一樣有個樓梯。這房子雖然是老式建築，不過畢竟是醫院，所以樓梯上裝有扶手。但是因為老舊，樓梯本身就是個問題，光是把腳放上去，樓梯的板子就似乎要折斷，這種老舊到和骨董無緣的程度變成不安的來源。

我邊前進邊試探著樓梯，麻由則握著扶手登上二樓。冷靜想想，既然犯人可以背著一個人爬上去，這表示樓梯應該比外在看起來更堅固。我用單手拿著兩支丁字杖，利用扶手緩慢地跟在麻由屁股後面上了樓。

麻由很快地上了二樓，用燈照亮我的腳下。第七階的樓梯上有隻翅膀已經風化的蝴蝶屍體躺在那裡，上面留下這幾天內曾被踩過的痕跡。因為這並不是個暢通無阻的踏腳地，所以我也不能太過強求，只好直接踩過屍體往上走。

最後我在沒有跌倒的情況下成功登頂。雖然手掌傳來疲憊和痛楚，但現在出局還太早。不過左手邊可以看到的那間病房傳來一股廚餘垃圾混雜的臭味，麻由捏著鼻子指著那裡說「就是那間病房」，害我突然很想往回走。

我跟著麻由走進那間病房。這裡並不是病房，但看起來也不像醫務室。房內滿地都是從傾倒的書架上掉落的醫學書籍以及燒杯碎片鋪成的刺人地毯，讓人不禁懷疑這裡是不是發生過地震。而這房間的大小約比學校的理科教室小一些。

房間中央有橡木桌，桌面被散落一桌的空藥袋掩埋，這裡說不定是類似藥局的地方。不過這間醫院的故事對我來說價值根本不到十分之一公升，重要的是這裡具有的意義罷了。

麻由獨自一直線深入內部，在房間一角的門前停下。她開心地跳著對我招手，包包裡塞著甜點麵包，心情大概像是正要來場簡單的野餐吧！她這樣真有趣，我用樂觀的態度這麼解釋。

我也依循慣例，也用帶有「妳這傢伙等等我呀」這種含意的動作朝她揮手，緩緩走到麻由身邊。騙你的。

這道木製的門通往裡面的資料室，房間的書櫃的玻璃全都破了，醫學和醫藥的書籍在地上堆積成彷彿山崩的現場，空氣裡瀰漫著一股混著藥臭味，像是紙黏土般的氣味。

麻由指著某個東西說「就是那個、那個」地誘導我。在扁塌的紙箱堆旁有個中型體積的長方型箱子，我穿過入口附近的置物櫃前方在光線下確認箱子的種類，原來是斷了電的中型冷藏庫。

「在這裡面？」

「嗯。」

這裡面保存著屍肉。

真是差勁的玩笑。

「噹噹噹──」

我根本不需要這種充滿夢想和欲望的效果音啦。

「…………………………」

沐浴在廉價的聚光燈下，那個應該名為名和三秋的少女以雙手抱膝的姿勢坐著，頭朝右邊傾斜約一百三十度左右，額頭上冒出紅紫色的屍斑。這斑點恐怕連屁股上都有，皮膚看來才剛開始腐爛，如果她是香蕉，那現在正是吃的時候，很可惜屍體沒有所謂的最佳賞味期。

從睡衣衣襬可以看到露出的右腳裹著層層繃帶。連受傷的地方都一樣，讓人真有親切感呢！如果這麼說，小麻一定會吃醋，所以我自動謹言慎行不說出來。

我扶著麻由的肩膀，謹慎地向下蹲，讓自己的視線和屍體同高，開始著手調查。

「可以把手套拿給我嗎？」

麻由依照我的指示，從包包裡拿出手套遞給我，這樣就可以讓雙手的指紋失去效用。我拉出那具雖然不是被冷凍卻還是呈現僵硬狀態的屍體，讓屍體暴露在範圍有限的燈光下。

已經很久沒有這樣當面看著屍體了。

第一次看到的是，母親的屍體……對了，明天就是她的忌日了吧？得去掃墓才行。

「不可以摸胸部。」「好。」「還有大腿。」「好啦。」「還有腋下。」「嘿咻。」「全部都不可以摸。」「歡迎光臨。」

因為對話完全沒有進展，所以最後不了了之。

首先我基於好奇拉開她的眼皮。眼窩裡的眼球混濁，瞳孔已完全失去生命力，這可以證明她從被雇用當屍體以來已過了好幾天。我將眼皮恢復原狀，把她修正為以奇異表情入睡的屍體。

「這樣好像在玩醫生扮家家酒喔。」

負責照明工作的麻由完全不把屍體放在眼裡，說出內心的感想。我想著，這說是警察扮家家酒比較適當，同時回答「還真懷念呢！」

「阿道常常當病患呢——」

他果然有這麼做。菅原的嗜好和我根本是互相衝突。

我第二個看的地方，其實應該說顯眼處，那就是太陽穴上那顆巨大的浮腫，那裡有一道又青又黑，裂開的程度就像可以看到饅頭內餡的傷痕。以這個瘀青為中心到臉頰、下巴，都附著乾掉的血粉。就算這道傷痕不是她的死因，從這個狀況也不難看出這是犯人痛恨的一擊。

女性在醫院被毆打的事件，麻由算是第二起囉？

在這個城鎮，接續解體魔之後，連第二彈的毆打魔也開始出沒了嗎？而且還加上目標限定為婦人女子這種多餘的規定……應該也不算多餘吧？

「光線。我要調查身體，幫我照身體。」

我對助手下達指示，但助手名目張膽地生起氣來表示責難。

「我不是喜歡才摸的。這一點我可以向妳保證。」

對我來說，總不能半途而廢地離開。

「為了我和小麻，希望妳給我摸這個女孩的許可。」

「……嗯——」

就在麻由煩惱之際，我先調查她的雙手。

緊握的雙手裡，完全沒有被害者基於內心的一絲遺憾所留下有關犯人的任何線索。我將屍體的雙手打開，看了手背和手掌，卻沒發現任何擦傷或浮腫，這代表手上沒有抵抗的痕跡，不過倒是有還沒破的水泡。

……丁字杖啊。

暫且先把丁字杖擱著，從她死時沒有露出苦悶表情這一點看來，在失去意識的狀態下前往另一個世界的可能性很高。大概連用手抓住遺憾的時間都沒有吧？

「……………………………」

我是個沒禮貌的傢伙，而且對往生者毫無敬意，是個只會用特殊的感性判斷事物的人類。但我會閉上眼睛為她祈禱，畢竟我在沒有獲得本人許可之下看了女孩子的裸體。

我張開眼皮。是因為感覺到屍體以外的視線才這麼做的。

麻由緩緩地前後搖晃自己的頭，宛如在點頭般打起瞌睡。

「嗯，好啊。」

她勉勉強強地答應我的要求。

「謝謝，麻由真溫柔。」

「我是寬容。」

嗯，對我來說這句話是小麻的慣用句。

「我是寬容，不過……」

看吧，來了。

「不過——後面呢？」

「嗯，只有一句話。」

「什麼？」

「跟我說你×我。」

聽到這句話的瞬間，我頓時面無血色。

不只頭痛發作，還產生暈眩。如果我照她的話做，我會想直接倒在屍體上幫全身抓癢。

我將指尖麻痺的手撐在地板上，努力將狼狽狀態壓抑到最小限度。

「說的話，我這次就閉上眼睛當作沒看到。」

「……真的嗎？」

麻由挺起胸膛說——那當然囉。

「因為阿道都不對我說嘛。」

「那是——呃，唔……嗯。」

「你不×我嗎？」

不，有啦有啦，可是拜託妳讓我用其他的字眼表現嘛！

太過頭的話，我就完蛋了。

而且我不是有說過了嗎？在百貨公司的頂樓。

喂，別揪住我的胸口啦。「說不出口嗎？你是阿道耶。」

麻由淚眼婆娑地抬頭看著我，這並不是友善的反應。

麻由把她的手掌平貼在我的胸口，像是要覆蓋在我的心臟上，進行將它捏碎的前置作業。

「你明明答應過我的。」

第二度的確認已經開始踏進威脅的領域，這是危險即將到來的警告。

我毫不費力地辨識出她放大的瞳孔。

伸進包包裡的右手，代表什麼意思呢？

……可惡，無路可逃了嗎？

不能用笑帶過，也不能把旁人的事拿來胡扯帶過。

為什麼小麻的要求這麼難解決呢？

我在內心尚未生出覺悟的嫩芽的狀態下便採取行動。

吞下口水，我把手搭在麻由肩上。

我輕輕地壓住一邊耳朵，回想起為我命名的母親——

對顫抖的舌頭開出一道重度勞動的課題。

「我×妳呀。」

這句話喀哩喀哩地刮削著我的耳朵。

「小麻這麼可×，又有×心，簡直就是×的化身這句話的象徵，實在可×地讓人憐×。那激起我疼×的笑容實在讓我受不了，我現在終於了解戀×真正的意義。×是不吝嗇的付出，×是不吝嗇的奪取，實在一點也沒錯。」

喀哩喀哩喀哩喀哩喀哩喀哩。

我盡一切一切一切的努力，不斷對麻由這麼說。

「我也是，我比誰都×阿道喔！」

小麻滿足的笑容，和沙沙地耳鳴聲重疊在一起。

我已經到極限了。

我把原本放在耳邊的手移到嘴邊，堵住逆流的嘔吐物。

讓嘔吐物再次逆流回胃袋。

咕嚕咕嚕地，把綜合了尿療法和青汁健康法的驚人飲料硬是吞進胃裡。

「阿道，怎麼了？」

我咳了幾聲，胃液的殘渣噴濺到地板。我屈服於附著在喉頭的淺淺胃酸香味。

「對小麻的思念讓我太感動了。」

其實是日文安的草體和以的草體讓我的胃陣陣做嘔。

我調整歪斜的背脊，做了幾次深呼吸，左右搖搖頭。

好，繼續。

我把工整的睡衣鈕扣全都解開，我道歉著脫下她的衣服，讓裸體浸泡在寒冬的夜晚中。只有麻由發出抱怨，而本人並沒有發牢騷，這算不幸中的大幸吧？麻由真的闔上了眼睛，是因為真的遵守約定？還是她根本會錯了意？

正面上半身並沒有什麼顯眼的地方。不，我這句話絲毫沒有污辱她發育不良的意思，只是如果我不乾不脆地觀察胸部周圍，那只會落得身旁這個人心中好不容易才消除的憤怒再次湧現，這一點再清楚也不過。畢竟她現在的憤怒已經消退不少。

我結束這段觀察。檢查背面應該會比較輕鬆吧？我做出這樣樂觀的解釋後把屍體翻面。接著「喔……」地輕輕嘆了一口氣。

難不成犯人的性癖好發洩在背上？儘管沒有像太陽穴附近的那麼大，但背上看得出浮腫，下巴下方、腰部及小腿也有浮腫。除此之外沒發現其它顯眼的傷口。

我再次將屍體翻面，快速、仔細地確認上半身，接著也觸摸臉部確認。

……沒有耶。

「唔。」

……唔。

「好，檢查完了。」

我這麼宣言後，麻由的眼皮開到像平常一樣的大小，並伸手揉了一下眼睛。

將衣服按照原樣穿上後，讓名和三秋回到不論生前或死後都覺得太過不舒適的床鋪。

稍微費了一點心調整好屍體的角度之後，把屍體塞回櫃子裡並關上。我宛如事不關己似地祈禱，希望她總有一天可以躺到墓碑底下。

「……那我們去便利商店吧？」

我用丁字杖撐著地面以難看的姿勢站起來。麻由用手摸著下巴，嘴裡「嗯——」地呢喃，一副不能接受的表情。

「都沒什麼探險到耶——」

「下次有機會再探險吧。」

雖知道那是不可能的，卻還是這麼胡扯好安慰麻由。

我脫下手套放回包包。

離開資料室前，麻由在窗邊「吶——吶——」地叫住我。

麻由把帶來的裝在塑膠袋裡的三色麵包和微笑組成套餐，擺在我面前。

「來吃麵包吧——雖然不是吐司麵包。」

喔？看來他們以前會把供餐的麵包留下來當點心。

我斜眼朝後方的冷藏庫瞅了一眼，心中想像著如果住在裡面的她消化器官還在運作，那就可以一人吃一塊，不過我做出了麻由大概會變得很粗暴的結論。

「好啊，小麻要吃哪一塊？」

巧克力、奶油和明顯被排擠的抹茶，三種口味的麵包。你們這些洋鬼子！

「嗯——阿道要吃抹茶對吧？」

我被迫得吃被欺負的那一塊。看來我打從骨子裡和菅原和不來。

「那剩下的就給小麻。」

這種分配法和過去一致，這讓麻由感到開心。接下東洋色麵包時觸碰到麻由的指尖，有種有別於屍體的柔軟感。不愧是美女小麻。

我們肩並肩倚在窗邊的牆上，我放下丁字杖，宛如故意表現生者的特權給死者看一般，與名和三秋在同一個房間裡吃著麵包。這麵包吃起來像名和三秋身上那種混和肌膚、污垢、蒼蠅和蛆的味道……騙你的。不過麵包的觸感及粗糙度和屍體的肌膚也沒什麼不同。

經過反覆的咀嚼，口中被微妙的味道佔據。我原本就不喜歡抹茶，再加上口中剩餘的胃液這個自製的調味料妨礙著食慾的提振。在有屍體的房間裡吃東西，讓這個違反現代日本和平風潮的愚蠢行為看來更加愚蠢。

我羨慕地看著正一口一口吃著我的最愛的麻由，不過我心想著因為她的動作很可愛，如果可以欣賞這景象，那沒吃到我喜歡的口味也沒關係啦！當美女就是有好處。

我把抹茶麵包整個塞進嘴裡，抬頭望著天花板。蜘蛛絲、老鼠大便和蟲卵都因為染上漆黑的色彩而無法在視線內浮現身影，不過反正也沒有必要去找出看不見的東西。

「…………………………………」

在麻由眼中，不知道我是哪一種外型的生物呢？

「吶──阿道。」

「嗯？要把剩下的給我吃嗎？」

「有人往這邊來囉。」

麵包噎到我的喉嚨，麵包粉在喉頭跳躍舞動，妨礙了我的呼吸。

「嗯，啊──對不起喔，我忘記帶飲料來了，我是小迷糊。」

「這不重要，妳剛剛說誰？在哪裡？」

在我的追問下，麻由指向窗外。我仔細朝那個方向看，的確看到一個細長的人影微微搖晃，朝病棟正門走來。我拉著麻由離開窗邊，關上手電筒開關後慌張地一把抓住丁字杖。

「艾克西登特（accident）？」

麻由停下不動，歪著頭開始翻找包包。糟糕，再這樣下去刀子就要飛出來了。

我誇張的轉頭四處看，想趕緊找個藏身處。在這個找不到不動產仲介的地方，一切只能靠自己，於是我在一片漆黑中瞇著眼睛繼續尋找。

在焦急情緒的鼓動下，我在門旁找到一個適合的置物櫃。我一做出只有這裡可以躲藏的決定，就在耳朵聽到有人進入建築物的聲音之前開始行動。

「小麻，過來。」

我抱著丁字杖用單腳跳到置物櫃旁。其實我是不可以這樣移動的，不過在緊急狀態下沒有理由還要聽從醫生的忠告。我先把資料室通往大房間的門關上。

麻由連防空演習程度的緊張感都沒有，悠閒地走過來，一點也不在意因焦躁而導致血液加速循環的我。我打開置物櫃，看到裡面都沒有掃除工具，鬆了口氣擠進去。我拿起靠在一旁的丁字杖和麻由的手，把她一把拉進置物櫃，相擁著躲在裡面。

「有種興奮的感覺耶。」

麻由無法克制興奮，呵呵地笑著。

我是該悲嘆自己的膽小呢？還是該讚賞她的大器？這問題讓我煩惱到頭痛。

絕對不可以說話或亂動喔！

我對麻由這麼說。不知道她是想嘆氣還是想笑，痛苦地扭動。而我卻被無盡的不安緊抱。

我們屏息躲在充滿骯髒抹布惡臭的置物櫃裡，觀察外界的狀況。

到底是誰在這種深夜時分，前來拜訪簡直像鬼屋的房子呢？

當然一定是把屍體藏匿在這裡的傢伙，也就是犯人。

不過，為什麼？

犯人應該知道，要是有目擊者肯定會變成致命傷才對。

來這個地方甚至可說是愚蠢的行為。

換句話說，犯人和我們一樣有對抗這個危險性的必要。

打算更換藏匿屍體的地點嗎？

還是想確認什麼？

我以幾乎要暈眩的速度運轉腦袋，卻還是想不出犯人的合理動機。

要理解犯罪者的心理真的相當困難。尤其對我們來說，綁架犯這個名詞更算是一種已經越界的禁止播放字眼吧！

我繼續思考下一個問題。

犯人知道我們的存在嗎？

這個問題很重要。如果答案是肯定，那我們根本是心甘情願跳入這個無處可逃的地方。不過我可以樂觀地判斷這個可能性很低。

以犯人的角度來看，如果有人知道名和三秋的屍體在哪裡，肯定會為了封口而採取行動。像那樣光明正大地移動根本沒有意義，應該要小心翼翼地尾隨，再處理掉我們。如果我是犯人，讓目標察覺不出我的存在比什麼都重要。

所以，犯人應該是為了達成個人的某種目的才會前來這個舊病棟，我推測除此之外再也沒有其他理由。

原來，雙方認為的——付諸行動最好的時間點都一樣。

門外傳來爬上樓梯的細微腳步聲。因為等一下可能就沒辦法這麼做了，所以我趁現在趕緊吞了一口唾液。

我用手肘擋著拐杖，避免拐杖倒向置物櫃的門。在連月光都只存在於範圍外，被徹底染上漆黑的置物櫃裡，麻由不知道覺得什麼好笑，淺淺的微笑化為震動傳導至我的上半身。

她的悠閒讓我也稍微攝取到一些安心感。

一階、一階逐漸走上來的聲音，讓我內心的震動不斷增加。

過去父親往地下室走的感覺，以雞皮疙瘩的方式在我身上甦醒。

在緊張及過去回憶的壓迫下，我呼吸困難地喘息。

最後一個問題。

萬一犯人發現我們，該怎麼應對？

犯人當然會以封口為目的採取行動，我們也當然會抵抗。

只要麻由還是御園麻由，那就不可能避免流血場面。

那只能祈禱雙方不要遇上了。

神明根本不值得依靠。

因為麻由許下那麼多願望，但神明一個也沒幫她實現。

腳步聲已經到達又遠又近、十分曖昧的距離內，犯人似乎已經走進前面的房間。

如果是訓練過聽力的人，就可以用腳踩到地面的音量來判斷是男是女，不過對我來說那種技能太困難了。

門上手把轉動的聲音，重創我部分的頭部。犯人誇張地打開門，腳踩著地板、紙堆和玻璃，大搖大擺地走進我們藏匿其中的房間。犯人的腳步毫不遲疑。

犯人的腳步聲控制著所有安心和恐懼的情感，連麻由也安分地不動。

不慌不忙，步伐穩重的犯人通過置物櫃前的聲音，壓迫著我的胃袋。

我聽到犯人的目標，也就是冷藏庫被打開的聲音。那一刻我手心猛冒冷汗，擔心自己有沒有把屍體收拾好。

犯人宛如根本沒有心跳，沒發出任何聲音。

我為了不讓自己睡著，開始想辦法排遣無聊的時間。具體來說不過是在心中讀秒而已，是既普通又沒意義的消遣。

在數到第兩百一十四的時候，開始有了動靜。

外界傳來「咚」地，東西掉落地面的聲音，接著地板因受到重力壓迫發出唧唧的抱怨聲，緊接著又有新的音波擾亂我充滿問號的耳膜。

拉長耳朵可以聽到犯人正低聲呢喃，讓人不禁以為犯人是兩人組嗎？不過以剛才的腳步聲判斷，除非另外一個人走在離地三公分的上空，不然這是不可能的。也就是說，犯人正在對名和三秋傳遞些什麼訊息……溝通得了嗎？這不禁讓人忘記眼前的狀況，開始認真思考起哪一種可能性比較恐怖。

祝詞、怨恨的言詞、婚禮致詞？犯人到底在對屍體說什麼呢？

在我數到兩千七百秒的時候，犯人終於停止低喃。

可以聽出逐漸遠離的腳步聲以一倍的速度跑下樓梯，回去是用小跑步離開嗎？

正當我一直數到三千零二決定走出櫃子的時候，發現懷中的麻由竟然正睡得香甜。我很佩服她這種大搖大擺的態度，不過我想到這片漆黑和美夢根本不搭，於是我搖晃麻由的肩膀，她少見地乖乖醒來沒有賴床。

跟在揉著眼睛的麻由身後走出櫃子，外界的空氣更加難聞了。

我看向冷藏庫，但是外觀上沒發現有什麼和剛才不同的地方。

我用丁字杖打開冷藏庫的門，名和三秋的屍體還是好端端地在裡面。

這到底是怎麼回事？

我希望身邊有人可以回答我這個疑問。

麻由讓嘴裡塞滿空氣鼓起臉頰，發出咻咻的獨特笑聲。

笑完後，把嘴裡的空氣一口氣噴了出來。

「阿道的心臟怦怦跳呢——我聽著聽著就睡著了。」

「喔喔，是啊……」

我全身無力地攤坐在地板上。

我把書本和玻璃碎片當坐墊，抬頭看著窗外那片飄著黑雲的天空。

雲海不滯留原地四處飄移，捨不得讓月亮露出臉。

麻由也選了一本比較厚的字典墊在屁股下，和我並肩坐著。

「現在不是滿月呢。這種月亮要怎麼稱呼呢？」

好像也不是陰曆十八的月亮，不過我確定不是半月。

「這算是賞月嗎？」

我不禁偷偷窺看麻由的臉色，她以溫和、似笑非笑的表情說：

「今天是第一次呢。」

「……嗯。」

為什麼說出那個字會這麼難呢？

不過，現在的氣氛並不會不愉快。

麻由和我都把房間裡有屍體的事從腦海一角刪除，沉默地看著不知道名稱的月亮。

即使如此，月光還是公平地照在我們身上。

我這個人就是這麼沒有情趣。

晚間可以從這間醫院的停車場出口外出的大多是住院患者。很多護士也都知道，當然醫生也一樣，不過大家都睜一隻眼閉一隻眼，他們就是用這種默默不語的方法，來處理病患對醫院供餐份量太少的不滿。

因此附近的便利商店以穿著睡衣的住院病患為主要客源，生意也挺不錯的。那是一間在鄉下地方難得一見不太需要停車場的店鋪，店家考慮到營運層面的問題，決定縮減停車用的土地好擴大店鋪的面積。

我們從停車場旁的小路走到馬路上，丁字杖在柏油路上使用起來很舒適。不過如果道路像下過雨一樣濕淋淋的，那不管走哪條路都是惡夢。我大約兩星期前就魯莽地選在那種日子外出，結果在路上摔了六次，那時候和我一起外出的同寢室中年人還扶我起來，而這一切已經變成過去苦澀的記憶了。

「走走走走，我們小手牽小手——」

麻由天真無邪，誇張地抬起腿走路，半途似乎踢到什麼東西，我仔細朝那個東西落下的位置看去，原來是變了型的小貓屍體。剛剛的那一腳是不是致命傷就不清楚了。

「好、好，我們開心地在人行道上漫步吧。」

我把想走在車道正中央的麻由引導到路邊，這感覺簡直就像上學途中的小學生集團嘛。

「討厭——阿道真不懂女人心。」

麻由垮下嘴角責怪我。

小麻，妳真的知道女人心這個詞的含意嗎？

從醫院通往便利商店的唯一道路被右邊的田地及左邊的工地夾在中間。那塊工地似乎要興建公寓，告示牌上寫著預計四年後完成。真想說一句怎麼可以無視地理條件，別小看鄉下啦。

就在我為此感到憤慨時，遠方傳來機車的排氣聲，我現在正是想幻化成風的年紀吧？

說到風，現在風勢已經和緩下來，變成微風了。不過還是無法克制不起雞皮疙瘩，所以想要取暖的想法也絲毫沒有減少。

我吸著鼻涕，抵達螢光過多的便利商店。雖然停車場只有一部小卡車，但店裡擠滿了穿白衣的傢伙。繃帶、睡衣、膚色這些醫院專屬的白皙色彩不斷增加中。

穿過便利商店大門前，麻由繃起原本放鬆的表情，連背脊也挺成一直線。

讓我有種「真像黏土」的感想。

走進店內，等著我們的是臉色不太好的店員敷衍的接客態度；平坦無起伏的電子音，以及把肌膚上那層薄膜吹散的暖風。就像汙垢全被暖風洗去，我們從灰塵及冷風中得到解放。

「要買什麼？」

「我去看一下。」

麻由一本正經地端正臉龐以及不做多餘動作的嘴唇。

「是嗎？那我趁妳逛商店的時候去影印筆記喔。」

「一起去逛嘛。」

麻由的手拉住我的袖子，這的確是一個很吸引人的提案。

「我想快點回小麻的病房，好嗎？」

麻由回答前打了個呵欠，不顧自己臉上像流淚小丑般的粧，回了句「我知道了。」

我接過筆記，先和麻由分開，走向影印機。

途中遇到和我同寢室的人。醫院方面把我們幾個當作問題兒童，因為以最年長的度會先生為首，每天晚上都隨心所欲地在外遊盪，有人認為他該不會有老人特有的痴呆症吧？不過本人的說法是去看老婆。單純因為白天睡太多導致生活日夜顛倒，這種見解也是不容否認的。

我和問題兒童之一的高中生在書架前相遇，他是個和看色情雜誌看到入迷的樣子相配至極的高中生，實際年齡不清楚，不過我很自然地把他當國中生看待。順道一提，還有另外一個同病房的中年人也和他作伴，這就和看到一隻老鼠代表後面有十隻的道理一樣吧！

「你也來了喔？」

高中生用帶有些許地方腔的說法和我說話，我不太會和這個人相處，因為他就像個不懂笑話、缺乏鈣質的年輕人。

「嗯，我先走了。」「等等，我有話要跟你說啦。」

他抓住我的肩膀，把我拉到身邊和他並肩站在一起，接著把雜誌放回架上，露出一副很沒男子氣概的表情。

「喂，給我一個吧。」

「我不要，我還不能靠一根拐杖走路。」

「我說的不是丁字杖啦——」我知道。

板起臉這麼回答的高中生，不一會兒又恢復成色瞇瞇的表情。

「老叫你阿道的是小麻嗎?那個女的就好，幫我介紹一下啦。」

從他的口氣聽來，他似乎不知道麻由也在這裡。原來如此。

「你真煩。」

我斜眼確認正在逛食物架的麻由，沒禮貌地回絕。因為對話已經結束，所以我準備離開。

「等一下啦。」

看來我惹高中生不爽了。他擺出帶刺的態度。

「我有不把她介紹給別人認識的理由。」

雖然我以正確的想法拒絕，高中生卻很憤慨，果然缺乏鈣質。

「你用這種態度說話好嗎?」

「這種不做作的個性受到一部分少數派的愚忠支持。」

所謂的愚忠，其實是接受我是個笨蛋的簡稱。

不過，如果我修理一下這種人格，是不是就能過著安穩的日子呢?高中生心頭的悶熱，宛如從冬季火災提升到夏季火災的程度。

「這件事我是不想提啦——」

稍微滅了些心頭火的高中生停頓了一下。

滿臉豆花的臉露出無恥的笑容。

扭曲的表情就像在玩大貧民遊戲時，陶醉在用出鬼牌這張王牌那一瞬間的表情。

「你是那個吧？是綁架犯的小孩吧？」

我自然而然地咬緊牙關。

手上緊握的筆記本被我握得更加破爛。

「那個女生，小麻還不知道這件事吧？」

我每眨一次眼，眼球就和血色交錯。表層乾燥、疼痛、滲血。

「要是她知道這件事，應該不會想和你交…交往吧？」

高中生因為我的樣子而有點接不下話，向後退了一步，原本耀武揚威的青春痘全都洩了氣似地，露出沒出息的諂媚笑容。

我現在到底露出什麼樣的表情呢？

「如果你知道我是綁架犯的兒子，那我勸你最好不要調侃我，這是為你好。」

我利用了自己最不喜歡的立場。

為了報復他讓我累積這麼多厭惡感，我虛張聲勢。高中生被自己內心對犯罪者親屬的妄想震懾，含糊丟了句「好啦——你考慮看看」後落荒而逃，像個只問不買的奧客般沒買東西就逃走。

既然礙事的傢伙已經消失，趕緊把事情辦好離開這裡吧！

內心萌生的不快感，讓我在半途自言自語地說了這麼一句話：

「……沒錯。」

因為麻由不記得我。

不過那和我沒關係——

如果說到的是長瀨，我只會有「請便」這種毫不介意的感覺。看來無論我或那個高中生都比較喜歡麻由。

儘管路上遇到一些阻礙，我還是抵達了目的地。我將硬幣投入上個世代的舊型業務用影印機，麻煩它開始加班。機器發出誇張的運轉聲，似乎覺得很麻煩似地開始工作。

影印機一句怨言也沒有，還真勤奮呢。我抱持著這種毫無意義的佩服念頭，使喚它工作。因為有人在我肩上用指尖敲了幾下，回頭一看，剛剛和高中生結夥看雜誌的中年人就站在我身後，看來這個人還沒有凱旋歸去。

他是個沉默寡言到極點的中年人，垂落的瀏海和後天發育不良的頭頂訴說著哀愁，他因頸椎撞傷的後遺症而入院，脖子上用頸椎保護器固定著。

這個中年人一語不發地拿了一個紅豆麵包給我，這動作有什麼含意呢？

如果是金黃色小點心（註：時代劇裡暗示行賄用的小判金幣）的替代品，那我在便宜賤賣的中古品裡也找得到。

「……你的……」

「啊？」

他讓我不得不做出聽不清楚的反應，真希望他平常可以學學怎麼當個啦啦隊員。

「給你的女朋友……」

「嗄……？」

他緊閉著嘴唇用腹語術這樣告訴我，接著便踩著底都已經掀起來的拖鞋往櫃檯走去，只留下我不知不覺接下的那塊紅豆麵包。

可是，這……就算你說要給我，可是這個商品好像還沒有結過帳耶？

強迫購買？廠商的促銷者？

我搞不清楚他的意圖，不知道該拿這個紅豆麵包怎麼辦。

難不成他回想起啃紅豆麵包的少年時期嗎？雖然那和我壓根兒沒有關係。

還是別給她比較好吧——我用深思熟慮又乾涸的心簡潔地做出決定。等一下再把麵包放回食物架上好了。

「不過……」

麻由還真受歡迎呢。

畢竟她容貌出色，在人前的個性也很成熟。

吶，看看她的背影。不過是在櫃台結帳，但是小麻，嗯……讓人猶豫不知道該用哪一種讚美詞來形容，那早已經超越可以用言語形容的範圍。

應該說，她不讓人興奮才奇怪吧？我用這類的讚美詞炫耀自己的女友。

我的情緒因此高漲，腎上腺的分泌讓我覺得一分鐘被切成六十秒，每秒都很漫長，但眼前這台無視我高漲情緒，自顧自地工作的影印機還真令人討厭。

我喪失冷靜，浮躁地巡視店內，發現度會先生在酒類專區前徘徊。這下子，我和同房間的傢伙們在還沒早上八點起床時間就全都在這間便利商店裡集合了。

度會先生像長臂猿一樣垂著雙手，十分飢渴地看著冷藏庫裡的鋁罐。

大概自覺近來身體狀況突然惡化，所以沒有伸手碰酒。

不過度會先生，你這身細筒工作褲搭薄棉睡衣的打扮也太自由奔放了吧！不過不只他這樣打扮，所有住院患者不是穿著破了洞的日式輕羽棉外套，就是直接穿著醫院拖鞋四處走動，以任性自我中心的態度蹂躪這間便利商店。這些傢伙選擇衣服和鞋子的品味太沒文明了。

「…………嗯？」

「我比較喜歡炒麵的。」

麻由大概以為我在煩惱該買什麼泡麵吧，不知何時站到我身旁的她從旁提出建議。影印機的正前方好像就是泡麵櫃，於是我回答「那就選炒麵吧」，毫不考慮廠牌地拿起泡麵。

「買好了？」

麻由「嗯」地一聲肯定我提出的疑問，她的手上拿著裝有一個小甜甜圈的袋子。

我從影印機拿出筆記本，邊翻頁邊對麻由解釋：

「我還要一下子，對了，可以拜託妳幫我選好吃的泡麵嗎？」

我把剛剛拿起的商品放回架上，拜託麻由幫我挑選泡麵的口味。

麻由「好哇」地爽快答應，蹲下身讓自己和泡麵同高，仔細評鑑著泡麵。

這件事就交給麻由處理，我轉身回去面對影印機。和影印機大眼瞪小眼了一分鐘，我實在無法再和這個沉默的傢伙相處下去，於是轉頭欣賞身後的麻由。她忽站忽蹲、左右跑來跑去，熱衷於滿足我的請託。其實麻由對速食食品根本不具慧眼也不懂，因為她是貨真價實的千金小姐。不過我還是學習料理漫畫上的劇情，試著去認為她選的對我來說一定是最棒的。

我基於義務感重新轉身面對完成作業的影印機，就在我把筆記本放在檯子上，打算翻開下一頁要繼續印時──「…………」

出現在視線中的某個東西讓我的手瞬間僵住。

我的眼睛牢牢釘在頁面書寫欄位外的某個地方。

「……這是。」

我用手指輕輕按壓那個部分。

摸起來只是紙的感覺。

放開後，指腹稍微被石墨弄髒。

「……忘了擦掉嗎？」

「咦？」

我朝回過頭來的麻由說「沒事」。

「嗡咿——」的聲音響起。

第四章「因為你是外人」

大叔微笑著說——我是聖誕老人喔。

放學一個人獨自回家的途中，公園裡的大叔這麼對我說。

因為他在這裡還挺有名的，所以連我都知道他的長相和名字。

我記得他的工作是教育什麼什麼之類的。

做事細心，看起來很聰明。

可是臉不紅，也沒什麼鬍子。

怎麼看都不像是聖誕老人。

我一表示懷疑，大叔就微微一笑。

騙妳的啦。他輕易地承認自己說謊。

接著他溫柔地撫摸我的頭，我則是乖乖地接受他對我這樣做。

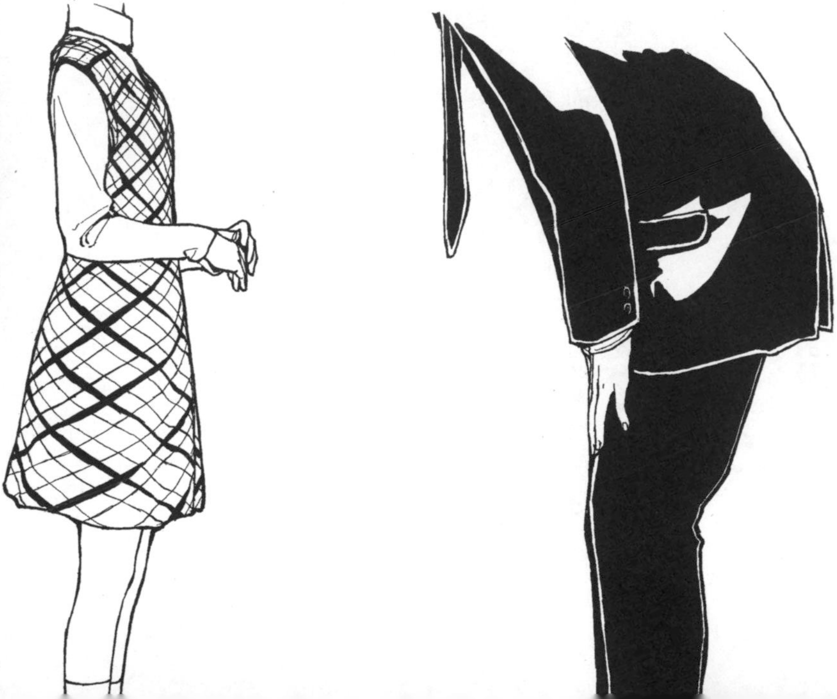

「透是那個啦？小蜜蜂？」

「很久沒被當成昆蟲對待了……」

第一次和長瀨在假日相遇的那天，我們聊到這個話題。正確來說並不是相遇，因為是事前約好特定的時間見面，所以會在路上相遇是必然也是必要的。

不過這次共同外出實在很難說是約會，因為我們的目的地是打擊練習場「海獅之番」，所以不如說是和金屬球棒與硬式棒球約會。

那裡除了棒球之外還可以打高爾夫，長瀨選擇了棒球。因為我哪個社團都沒參加，所以我哪一項都沒選。

長瀨面對時速上百公里的快速球，揮動球棒切割空間的動作雖然就像格鬥漫畫裡會出現的特技，不過其實卻是棒棒揮空。就算偶爾擦到球，也只是手麻到直跳腳。我在幾天後說到——也許沒打到反而是不幸中的大幸，結果慘遭痛打。

我從後方觀賞長瀨的勇姿，得知她是個左撇子。

「為什麼我們要來打棒球啦！」

創下在三十球內十打者連續三振記錄的長瀨，大概可以被當作憤怒難平的最佳解釋而被放進字典裡。她在我身旁坐下並瞪著我，肩膀因呼吸急促而上下起伏。

「長瀨還是來打棒球比較好。」

「要揮棒就去甲子園啦！不對不對！應該要到漂亮的咖啡廳喝檸檬茶啦！然後去買一些亮晶晶的東西啦，雖然我不知道要買什麼！吃飯要去用到樋口一葉（註：日幣五千圓紙鈔上的人物）等級付帳的高級餐廳，然後各付各的！那才叫做約會啦！」

「……簡單來說就是喝喝茶、買買金屬製品，最後再去挑戰餃子大胃王，結果還失敗吧。」

「拜託你把現實的殘酷框架拿掉好嗎——！」

我只是覺得妳逞強過頭罷了。

「然後去附近的空地……」「你你你你你想幹嘛啊——！」

「好啦，妳冷靜一點啦。」

我用毛巾蓋住長瀨滿頭大汗的頭，長瀨充滿疑問地「啊？」了一聲。毛巾是佩服長瀨棒棒揮空到為她覺得可憐的店長悄悄遞給我的，我用那條毛巾擦拭長瀨滴著健康汗水的肌膚。

「啊嗚嗚……」

「身體靠過來一點。」

我像擁入懷裡一樣讓她的頭靠近我的胸口，然後擦乾。長瀨的頭髮有點溫熱又柔軟。

「好，擦好囉。」

我讓長瀨離開我的胸口，但她卻把頭塞進我心窩反抗。

「喂，妳幹嘛啦。」

「再…再一下下！」

「啥？妳還要繼續被三振喔？」

「我的腳變成 Pocky 了啦！」

「妳是糖果屋裡的住戶喔？還真虛弱耶。」

「不是啦，我是說我的大腿跟腰好像閃到了。」

「喔喔，妳是說讓妳這樣別動嗎？好啊。」

「老實說，你話太多了……」

最後她虎頭蛇尾地用脖子染上一層淡紅色代為辯護。

周圍其他顧客的視線都集中在我們身上，大概是根本沒拿球棒練球，緊緊抱在一起的男女看起來很令人討厭吧？長瀨的視線被毛巾擋住所以沒發現這件事，而我的視線也只看著長瀨。

衣服因揮動金屬球棒而有些凌亂，讓我可以看到長瀨隱約露出的肩膀和手臂。

雖然很想用手指描繪她肩膀的線條，不過因為我的正用在長瀨身上，所以只好忍耐。

很漂亮呢？」

「是嗎？」

「嗯，我很喜歡。」

「啊噫唷唷唷。」

「……我們去別的地方吧？」

下一個地點則依照長瀨的要求，去了附近的咖啡廳。

雖說是咖啡廳，不過其實比較類似簡餐店，點菜點的也是容不下檸檬的炒烏龍麵。長瀨一邊抱怨「吃烏龍麵根本得不到浪漫，只是卡路里啦！」邊吃著麵。她大概運動到肚子都餓了，吃相十分豪邁。我之後告訴她我的想法，結果被揍了。

連續喝乾幾杯開水，長瀨好像終於從無重力狀態恢復成有重力狀態般冷靜下來，宛如喝醉的紅通臉蛋也讓正常膚色回到職場，恢復成沒有喝醉的長瀨。接著我說了一些稍嚴肅的話題：

「那個——抱歉。」

「幹嘛突然說抱歉？」

「沒有啦，因為我覺得好像根本沒有約會的氣氛。」

長瀨驚訝地瞪大眼睛，接著曖昧地笑著點頭說「哈哈，說得也是啦——」

「這次的約會中完全沒有長瀨想要的嘛，早知道我多想想該去哪裡玩就好了。」

昨天晚上十一點才用簡訊約好，十二個小時以後就要見面，哪有時間想那麼多啊？

長瀨搖晃玻璃杯讓杯裡的冰塊互相撞擊發出聲響，說「也對啦——」

「我跟漂亮無緣啦。不過炒烏龍麵很好吃，打棒球也很好玩，這樣就夠我滿足了。」

長瀨用滿足的笑容這麼肯定。一瞬間我曾經煩惱如果她那麼愛揮棒落空，那是不是該勸她參加壘球社？不過當場的氣氛讓我阻止這句話出口。

「是嗎？那算不錯囉。」「對啦。」

她剛剛還一副想抱怨的樣子，不過現在看起來真的很開心，真是個不可思議的女生呢。

「這次算不錯啦，不過下次拜託要更光鮮亮麗一點囉。」

「……我會若無其事地妥善處理。」

長瀨又拜託店家倒了一杯水，繼續閒聊了一會兒。

途中還聊到這種話題——

「透會上地方的大學嗎？」

長瀨是以上大學為前提丟出這個問題，所以我的回答有點遲疑：

「高中畢業以後我應該會工作吧！」

「啊，是喔。」

「因為我是住在叔叔家，所以要他們供我上大學有點……」

叔叔這個字眼我說得有點含糊了事，長瀨似乎發覺了異狀。

「透的家人的事，是不是有點沉重？」

長瀨不知道我是被捲入「事件」的人。

「嗯，全都死了。」

我沒有提到理由和原因。

說不定她會讓我一直隱瞞下去。

如果她不是長瀨透的話。

或者說她還不是。

長瀨毫無感情反應地回答「是喔」，喝了一口水。

「嗯——透是那種聊到家人的事會受傷的個性囉？」

「看起來像嗎？」

長瀨沒有回答這個問題，只是露出微笑：

「我想了解透的事，但如果你不喜歡，我絕對不會提也不會問，我只是想先確認一下。」

……這倒是挺新鮮的。

沒想到有人為自己著想的感覺挺不賴的。

「沒關係。我可是很自豪自己的神經比誰都容易切斷，也很輕易就能接回去的這個優點。」

「真厲害，簡直就像阿米巴原蟲啦。」

之後又把我當蜜蜂，關於彼此家人的話題就這樣被帶過。

「很久？那以前是被當成什麼？」

「以前我妹叫過我工蟻。」

「呵呵……」

長瀨的眼神飄向遠方，看得出來她腦裡正有不好的想像。

「那我也要指名透當我專屬的工蟻啦！」

「那長瀨就是蟋蟀囉。」

「這樣好嗎？蟋蟀產卵前，母的會把公的吃掉啦。」

「是喔？換句話說就是那個吧？要先做生小孩的事吧？」

「禁止性騷擾！」

不經世事的長瀨慌張的模樣，刺激也軟化了我的心。

「對了，我也有妹妹啦。」

那是我第一次聽到長瀨一樹的事。

「她現在是國小三年級，所以我和她之間年紀差了七歲啦。她最近超盛氣凌人的，常常搞到自己骨折啦。」

「……體罰？」

「那傢伙在學空手道啦，今天也說有壘球比賽哩。」

原來如此，聽到一件不錯的情報。

「那要不要去看她比賽?」

「嗯——去看是也不錯啦……好呀。」

「沒心情的話我們去別的地方吧。」

「不是那樣啦……禁止你對一樹流口水喔。」

竟然讓她有這種多餘的憂慮，真悲哀。

「比賽幾點開始?還是已經開始了?」

「她說一點鐘，所以來得及啦。」

所以我們決定繼續留在咖啡廳廝混一會兒。

「我的家庭也有點複雜唷。」

「是喔。」

「不過和我沒什麼關係啦。好像是我爸和我爺爺之間的問題啦。」

「喔。」

「所以我對爺爺奶奶一點都不了解，連他們看起來像會給多少零用錢的人都不知道啦。」

「是喔。」

長瀨嘟起嘴巴說「真漫不經心的回答啦，虧我告訴你這麼私人的事。」

「因為這是很難表示什麼意見的事情嘛。」

「不是說我不該碰觸，只是單純想不出什麼意見好說。」

長瀨猶豫地用「嗯，你說得也對啦」結尾。

過了三十分鐘，我們離開咖啡廳後——

「對了，你什麼時候才要開始叫我的名字？」

「還得再學一下，好困難。」

長瀨「啊哈哈」地輕笑：

「你真是個有趣的騙子，你很適合透這個名字啦。」

「嗯嗯，我也滿喜歡的。」

雖然不是我真正的名字。

之後我們按照計畫免費參觀長瀨一樹參加的比賽，比賽結束後和長瀨一樹見面，她從正面賞了我一拳。雖然難以理解為什麼，不過她立刻變得和我很親近，長瀨因此大為吃醋，總之還算玩得滿愉快的。

老是抱怨、動作誇張，以及開心的理由。

和長瀨分手之後我才發現自己過得很愉快。

因為兩人彼此喜歡、吸引、開心。

開心享受探險扮家家酒的隔天。

迎接玩偵探扮家家酒的今天。

我為了透過一樹把筆記本還給長瀨而外出，不知不覺就坐在頂樓的長椅上。這個長椅很怪，椅背下方屁股會碰到的地方剛好平順地凹陷，坐起來很舒服。我把全部體重施加在椅子上，不過感覺與其說是整個人陷進椅子裡，不如說藉由將自己託付給長椅好逃避現實，所以我決定就此打住，因為我沒有那個空閒揮霍時間，況且下午還要外出。

午前的頂樓蔓延著一片和暖冬十分契和的暖意。連不停息的風通過時也只造成身體輕微的晃動，溫和而不帶刺，就像不良少年變性成為黃花大閨女，不過也僅限今天。

因為這個緣故，我不能以太冷為藉口離開現場。

約好不再來我病房的長瀨就在長椅旁。今天是禮拜六，所以她讓我拜見久違的便服裝扮，不過我還是抱持和過去一樣的感想，就是——這種打扮很沒個性。應該要像腋下出現草叢一類的，更有個性一些才行。我開始擅自擔心起長瀨的個性。

「你一直看著我，我會手足無措啦。」

長瀨在害羞。不過她並不知道我心裡在想什麼。

至於長瀨為什麼在這裡呢？她不像我愛說謊，個性中還有守規矩的部分，因此她依照約定沒有來我的病房，只不過我到一樹的病房時剛好碰到來探病的長瀨，雖然這聽起來像強詞奪理，但其實並不是故意的。長瀨和藹可親地說「你好啦」的時候，臉部表情有點僵硬，那是故意的還是偶然的呢？

結果變成好像左擁右抱長瀨姊妹上頂樓約會。

一樹正和收衣物的「醫師」嬉鬧，對方是那個護士小姐。竟然稱呼那種會用「今天的內衣是什麼顏色的啊——？」取代早安來進行性騷擾的人為醫師，一樹也沒什麼識人的眼光嘛！

所以才會跟我混這麼熟吧？

「感覺好暖和耶。」

瞇細眼睛，用手壓著瀏海以防被風吹起的長瀨低語。這樣子看起來好像在樹蔭下望著嬉笑蹦跳女兒的母親，也像和日式房屋的外走廊合為一體，正疼愛著孫子的老婆婆。真要我說的話，我總覺得前者的態度比較友善。

「是啊。」

我也化身走廊上的老爺爺（附屬品是煎餅或膝蓋上的貓）回答。

「感覺好祥和啦。」

我也被長瀨影響，發生老化現象。

「一家團聚耶。」

「沒有愉快到那種程度啦。」

感覺我們會就這樣被升格成在傳說故事裡登場的人物。

長瀨大概也知道這樣不行，所以讓自己淋上返老還童的清水，或是說故意做年輕的打扮。

「不過一樹真的很那個啦，感覺得出來她真的很喜歡透。」

長瀨將視線的焦點固定在一樹身上這麼說，而我除了「是嗎?」以外沒有回任何一句話。看來年輕化現象還沒發生在我身上。

「那孩子如果身邊沒人陪就會變得非常害怕，她現在幾乎都躲在病房裡不敢出來。」

「是喔——沒想到挺嚴重的嘛。」

「可是有透在的話，她就想要外出亂蹦亂跳，真的很了不起啦。」

「哎呀，妳這樣直截了當地稱讚我，我會得意起來啦。」

「我是說一樹了不起，不是你啦。」

長瀨一本正經地這麼說。我為了參透這難以理解的問答，將自己的精神年齡向前倒轉六十歲左右，不過駝背的現象並沒有改善。

「只要喜歡的人在身旁，連內心的恐怖也會減輕，我妹妹天真過頭了啦。」

「我和麻由在一起的話，會得到連煩惱都忘光的健忘症呢。」

「你是在比個什麼勁啦……」她不悅地用悲憐眼前笨蛋的眼神看著我。

看來，以男性的立場來說我並不是個值得尊敬的對象。

「小麻今天人呢？」

「她為了療養熬夜的疲憊正在靜養。」

「是嗎？」她的回答曖昧含糊到讓人不知道在對誰說話。

我斜眼朝位於反方向的門邊瞄去，接著立刻讓眼珠回到原位。

「我可以問你一些事嗎？」

長瀨的狀況有些變化，語尾特有的語助詞也暫時被撤下。

「要看內容是什麼。」

「說得也對啦——」長瀨皮笑肉不笑地說。

「是關於小麻的事。」「那是秘密。」

我不近情理地丟出這個回答。長瀨皺起眉頭嘆氣表達自己的怒氣。

「八年前到底發生了什麼事，我希望你可以告訴我事情的始末。」

「我都說是祕密了。」

即使用真摯的眼神看著我，我也只會萌生為難和拒絕的想法。

就算長瀨有想要學習過去知識的理由，但是她卻沒有那個權利和義務，所以我沒有告訴她的必要，不說反倒比較自然。

但是長瀨卻不放棄。我喜歡的女性，個性大多頑固幾近任性，當然麻由的個性是和危險只有一線之隔的任性，十分特殊。

「那……菅原同學呢？大家都知道菅原同學是這個城鎮的殺人犯，那是怎麼回事？」

「我又不是學生會會長的朋友；也不是共犯，是要我給妳什麼樣的意見呢？」

「菅原同學不是會做出那種事的人，一定是在被綁架的時候發生了什麼事。所以……拜託你告訴我。」

長瀨低頭拜託我。她那個模樣讓人感覺好像隨時會情緒爆發，突然開始哭喊不停，用無理且激昂的怒罵向我猛刺。

我早就習慣處理這種激動的情緒了。

因為我是小麻的阿道。

「長瀨——」我加重語氣呼喚她的名字。

長瀨抬起下巴，垂在額前的瀏海被分成左右兩邊。

「我看妳好像誤會了，我不是不能告訴妳，而是不想告訴妳。我不是故意的，而是不想讓親近的人了解得那麼詳細。」

但我不是想忘記這件事，這句話我沒有補上，而是送往內心某處。

「以前長瀨對我說的話對我來說很新鮮，我也很高興。妳說我不想聊的事妳不會說也不會問，而我也打算這麼做喔。因為不只我不想談這件事，麻由也不喜歡吧。」如果她還記得的話。

我利用了一個美好的回憶，封住長瀨的言論。

當然，長瀨眼睛上吊，不爽地對我做出正確的評價。

「卑鄙的傢伙。」

「我自己也很清楚。」

所以才能夠也用這種態度對待長瀨。

「卑鄙的傢伙、卑鄙的傢伙、卑鄙的傢伙、卑鄙的傢伙、卑鄙的傢伙……」

她以同一個字眼重複痛罵我。

這也表示除了這個字以外沒有其他字眼適合我。

我撫摸著左手的繃帶，豎耳傾聽以免漏聽。

「我並不是把你當笨蛋，而是在說你錯了，懂嗎？」

「不談正確與否，我了解妳想說的是什麼。」

「那為什麼還能這樣若無其事呢？」

長瀨的指責，好像把我區分為和她不同的動物。

我從回憶裡挖出回應她這句話的材料。

「因為我的神經容易切斷也容易接回去，我擅長無視痛苦的感覺。」

我這麼說後，長瀨因為這句話和她的記憶相符合而停下舌頭的動作。

因為過去的回憶還儲存在長瀨的心裡。

但是過去的記憶到了現在，不過是淪為醞釀不愉快情緒的溫床罷了。

從長瀨的嘴角和垂落的視線可以讀出她鬱悶的心情。

我們之間的一切突然被切斷，兩人紛紛別開視線。

微風送來的寒冷痛楚突然增加了。

「透。」「我現在不是透，是阿道。」

這是用卑鄙、拐彎抹角的方式表達出來的明確拒絕。

我用眼角瞄著長瀨的表情因此蒙上陰影，但卻不轉頭看她。

一樹和護士小姐兩人正用不知道從哪弄來的超大吹泡泡組合製造泡泡，免費供應空氣。透明的球體以緩慢流動的空氣為動力，讚頌僅僅數秒的短暫生涯。

長瀨就像那些巨大氣泡一樣輕柔地離開長椅，以「我走了」這個最短的文句表示她要回家。

每次和長瀨出去玩要回家的時候，她的語尾總是會加上「啦」字。

但是現在什麼都繼續不下去了。

「我只能告訴妳這個。」我就像留下遺言似地說道。

長瀨冷淡地回頭對我說「什麼？」

「長瀨認為我們之間發生過非常特殊的事。」

「是……沒錯啦。」

「不過其實是異常特殊的事態。」

對我、對她、對他都是。

全都是謊言、謊言與謊言。

「……我就是討厭這種文字遊戲。」

長瀨的右手握拳，我預測那個拳頭會朝我頭上飛來。

但是長瀨的指甲緊緊嵌在手掌裡沒有離開，就這樣從射程內離去。

每次和長瀨碰面，我可以得到的只是由喜歡、期望、不透明混雜成一塊的情感。長瀨靠近正在玩耍的妹妹，說了兩三句話後就直接走向頂樓的出口。

正當長瀨透的身影要消失，我才想起忘了說的話。

非得告訴長瀨不可的事。

以長瀨離開頂樓這件事為鳴槍點，護士小姐繼續做起剛才放下的工作，一樹則是拿著裝有溶液的小容器朝我跑來，一路上吹著綠色吸管讓氣泡在空氣中留下一道軌跡。

比起坐在長椅上的我，站在我膝蓋前的一樹還比較高。她咬著吸管，用「伊嘿嘿——」這樣的新語言和我打招呼。她現在只有單手可用，那隻手又握著小容器，所以無法再拿那根吸管。我接下拿小容器的工作，一樹才又可以開口說話。

「姊姊怎麼了——？」

「她說不想和我呼吸同樣的空氣。」

我多少渲染了一點內容向她報告，而一樹對這句話的反應則是巨大的氣泡。

她把吸管的前端浸泡在溶液裡再朝我頭上吹。

氣泡被輕快地製造出來，在長椅周邊營造日常生活中可見的幻想。

「有被治癒的感覺嗎？」

一樹向我尋求柔和的溫柔感想。

「妳是在安慰我啊？」「是啊。」

一樹就像以前曾這樣做過一般撫摸我的頭髮，吸管滴下的液體刺激我的頭皮。即使如此，我並沒有冷淡地甩開我被給予的東西。

剛好就在這個時候，我的視線和把大量乾淨衣物塞滿籃子正要離開頂樓的護士小姐對上。

她露出壞心、年長者的笑容，用嘴唇的動作說「真受歡迎」調侃我。之前我們上頂樓時，她覺得那些以調查事件為藉口強制週遭配合，並在醫院裡進行競走比賽的警察很礙事，心情為之相當不悅，不過看來現在已經恢復了。

我藉著手腕的擺動做出趕人的動作回應，她最後的抿嘴一笑讓我起了雞皮疙瘩。

「啊，醫師——祝您健康——」

不知道受到什麼影響，一樹說著老氣過時的招呼，朝護士小姐揮手。

她做出這個動作的同時，摸頭的動作就在留下讓體溫上升的輕微搔癢下結束。

「一樹是常帶著吹泡泡工具的不可思議小孩嗎？」

「是醫師給我的，醫師的口袋可以裝好多東西喔……」

因為那是堅固的三次元口袋啊！

等頂樓只剩下我們之後，一樹就跳到我的膝蓋上。她抬頭看著我露出燦爛的笑容，發出以信徒偏頗的觀點看來是幽默，以標準的評價看來是毛骨悚然的「嗚呼呼——」的笑聲。

「醫師要我告訴透今天內褲的顏色當做謝禮——」

「……別把那個人當做師字輩的人才能變成正常的大人喔。」

真麻煩，不過我還是會聽。我把耳朵挖乾淨，擺出不會漏聽任何一句話的姿勢。「那麼——唔——嘰嚕嘰嚕……透明鐵銹紅。」

「……總之就是紅的……」

「喔，你在想像喔——色老頭——」

揶揄我的一樹對我吹了彩虹氣泡。我並沒有失神，只是失去了心中的紅色罷了。

「我對那個又沒興趣。」

我玩著瀏海整理外表，掛在小指上的氣泡因此裂成兩個，就像我和長瀨的關係一樣脆弱。

「喂透——」以下省略。「今天要不要和我一起吃午餐？」

「嗯——」從麻由平常的睡眠時間推算，大概過中午都還在做夢吧！「也好。」

「那——吃完午餐後和我……嗯——和我玩玩吧——」

從一樹聲音的高低聽得出來比起吃飯，後面的提議比較重要。

不過我謹慎地拒絕她主要的邀請。

「難得妳邀請我，可是今天午後我預定要去掃墓。」

一樹聽著說明抬頭看向我，稚嫩臉龐上感應光線的器官蒙上一層疑問。

「墓？誰的墓？」

「是我媽媽的忌日。」

每年春夏秋冬共四次，我得去面山的陵園。

媽媽是在冬天死的；爸爸和妹妹的媽媽是在春天；哥哥是夏天；妹妹是秋天。

其中資格最老的是媽媽，最沒有共同回憶的也是媽媽。

如果產生——只有媽媽被排斥這種被欺負的想法，那就太早下結論了。

其實真正被孤立的是妹妹，只有她還在外熬夜沒有進入墳墓，連屍體都不知道在哪裡。

「透的媽媽是美人嗎？」

一樹天真爛漫地詢問，簡直就像麻由。

「我不太記得她長什麼樣子耶，只記得長得很高。」

我記得她應該比爸爸高。腳長到噁心，行為、個性到說話方式都像用熨斗燙過一樣死板。我甚至記得母親俐落的動作，但就只有長相怎麼也回想不起來。她死後我也好幾次透過照片確認她的長相，卻還是記不住。

「是像泡泡一樣的人吧……」

就算看得見實體也很難抓住，對我來說那就是她的定位吧！

而且還有她是幫我取名字的母親這層隔閡。

「那麼，不漂亮囉？」

一樹介入我的獨白，並吹了一個泡泡當做實際範例。

「說不定喔。不過妳別變成像泡泡一樣的美女喔。」

我不確定她懂不懂我這句忠告的意義，不過一樹以「知道了」，接受我的建議。

「那麼，一樹……」

「什麼事啊？透老頭。」

被天真無邪地叫成老頭，我這個高中生臉上幾乎要冒出黑線。

我振奮起精神。

「我有話想對妳說。」

去掉虛偽的部分，用我有事情想逼問妳這種說法比較正確。

「什麼什麼——？」

「到我病房再說。」

「告…告白嗎？」

「我沒有厭惡法律到那種地步。」

一樹用吸管攪拌溶液，呀呀亂叫的她似乎沒聽到我說的話。

從擁有這麼單純的個性這一點看來，可以感受到她的確是長瀨的妹妹。

過去和我被封為公害情侶那時的長瀨。

誰知道那個「過去」會變成悲傷和苦澀的結晶呢？

「透有女朋友，所以這叫劈腿囉？呀——我會被人叫做狐狸精——呀啊！」「停。」我按下一樹的停止鍵。「嗚嗚」……真是的。

現在的長瀨和當初和我很親近的她相比，變得稍為複雜了一些。

是我和長瀨之間的距離感所導致，還是完全不同的原因造成的呢？

我無法區別。

唯一可以做的就是切割。

病房裡只有身體衰弱的度會先生以及盯著電視當做沒看到我這個生物的高中生，而中年人一大早就踏上尋找理想的護士小姐之旅。

在得到溫柔少女的同意之下把她綁架到我的床邊。一樹跑到我的前方，這少女像個不久後就會回到原點的溜溜球似地跑來跑去。

我讓滿腦子塞滿幻想的一樹坐上床，然後也坐在她旁邊。接著一樹一個轉身就把我的膝蓋當做椅子，大概在頂樓上喜歡上這樣的坐法了吧？

「那⋯那——？你要問我的罩杯大小嗎？」

聽到這句話，高中生無法無視地注視我們，度會先生充滿血絲的眼睛也從棉被裡射出一道混濁的光芒。看來這對話會招來身為一個人絕不可招來的誤解。

「順便告訴你，要是你問我，我會跟姊姊告密。」

「別這樣，我的頭會爆掉。」

況且一樹別說是A了，我看只有平假名「さ」的大小吧！雖然沒有量過。

「那——為了深入交往，我們兩個要聊什麼呢？」

我是什麼時候說要締結那種條約的啊？最近發生的事情對我血色的盛衰影響太大了。

「很抱歉，我和妳之間現在的關係就像防空壕溝一樣深，遇到的阻礙實在太多了。」

「是國家的陰謀嗎？」

先別說到底是不是陰謀，不過事實真的是這樣。

「這種複雜的問題，等五年後我們都沒有牽手對象的話再說吧！」

「可是醫生說只要有錢，根本不用在意年齡的問題呀。」

「就算年齡不是問題，年齡的數字才是最大的障礙啦。」

如果是六十二歲和七十歲，那可能會被人說「真有活力」，但如果是十八歲和十歲，可能就會被說「快叫警察」。

一樹被我基於憲法做出的冷靜否定搞得心情有一點不好，她伸手拿起放在邊桌上的巨大吹泡泡組合。

「那你是要跟我說什麼？」

被催促了。看來進入正題之前玩過了頭，讓她有點不開心吧！我表面上發誓會自省。

「我想問有關名和三秋的事。」

一樹大概沒想到會聽到這個名字，只有眼皮受到活性化地猛眨，其他器官都被丟下不管。

「你想找她私通？」

「那個護士小姐教妳的單字不可以對人說出口。」

為了幫這個小孩培育出一個健全的將來，我也擔負起一份責任。然而一樹並沒有坦率地接受我的意見，「哼」地一聲耍起脾氣，用巨大泡泡裝飾起病房。

「我說啊，我可是在和一個十八歲的女生交往耶，總不能對其他人眉目傳情吧？」

我到底在對十歲的兒童說什麼啊？因為覺得客觀的看法會讓我毛骨悚然，最後只好選擇以主觀的想法回應。

「噗——」

吹啊吹地，氣泡群飛上了天空。

我發現她鬧彆扭固執己見時的表情和姊姊很像。

不過矯正鬧彆扭的方法就算一年前可以用在姊姊身上，現在也不能用在妹妹身上。

我想避免招來誤會的行為。

池田兄妹的妹妹杏子比一樹小了兩歲，卻比一樹成熟得多。精神成長的速度和植物一樣都靠環境決定，兩人表現出來的底子就不同。

「一樹不是知道名秋三和是怎麼不見的嗎？」

我不顧對方的狀態，繼續說下去。

一樹叼著吸管，用手貼著嘴角把頭歪向一邊，像演戲一樣表現出心中的不解。

釣魚的成果似乎不錯。

「昨天和妳聊的時候，一樹說如果犯人被抓就萬萬歲了。那時候我還沒跟妳說名和三秋之所以行蹤不明有可能是他人所為，也就是說我沒有指出有犯人存在。如果是我想錯就算了，但我在猜妳是不是知道關於那個『犯人』的事情呢？」

一樹不發一語地把容器和吸管放到架上。泡泡群撞上同樣透明的窗戶後發生集體失蹤事件。在這景象下，那些泡泡很難吹噓自己的存在就像詩人般浪漫吧！

「我有說過那種話嗎——？」

一樹完全沒有表現出驚慌失措的難看舉動，而是開朗、快活地把這件事當作一件笑話。

我用十分不相襯的溫和音色回答。

「沒關係，不記得就算了。」

「是喔？那我嘰嚕嘰嚕看看能不能想出來好了——？」

將惡意的碎片清得一片不留，就是長瀨一樹的人格。

如果她可以維持不慌張、不吵鬧、不跌倒，將來應該能成為一個優秀的人類。

這些都是將來式而不是過去式。

「對了，一樹晚上去廁所的時候，都會請同寢室的人陪妳去吧？」

「我不是膽小鬼喔——」

一樹隔了一秒才又接著提出抗議。我「好啦好啦」地安慰她，進入第二個問題。

「妳也有受到名和三秋的照顧？」

「嗯。」

「她是個很規矩的人？」

「嗯——算啦——」

「有叫妳去買炒麵麵包嗎？」

「嗄？」

她納悶地歪著頭，我感受到兩人世代的差異。

「……好，我沒有事要問了。聊點別的吧！」

這個宣言和提案讓一樹興奮了起來。

「那你告訴我你喜歡姊姊的哪裡？」

「啊——該怎麼說呢，是外表和內涵的一致和不一致一類的吧……」

就在我們開心地進行了一會兒這種雖有意義卻各說各話的對話後，房門被猛力推開，原來是護士小姐前來發送午餐。

雖然覺得習慣護士小姐的聲音對健康不太好，但我還是習慣了。

「好啦好啦——吃飯囉——在還沒變鵝肝醬之前不可以放棄喔——」

從雙手指尖到上臂都加以活用，一次送來四份餐點，讓人誤以為她是在餐廳打工的學生。她

抱膝蓋上的生物後，溫柔地放鬆嘴唇：

「什麼時候要辦婚禮？」

「住口，透明鐵銹紅。」

我記起來了。雖然這個字明天、後天、大後天都不可能用，卻已變成腦裡既定的知識。

今天的菜單是親子丼和白味噌洋蔥湯。這間醫院餐點的味道有達到一個水準，住院前我想像過可能吃一口就想直接找廚師來罵，不過其實沒那麼差勁。

「哎呀，竹中先生呢？」

她向我們三人詢問竹中先生的下落。

不過這房裡並沒有敢說「他為了追尋你的屁股而踏上旅程」的勇者存在。

「算了，不在就算了。」樹要在這邊跟這個哥哥一起吃嗎？」

「妳快點被炒魷魚吧。」

「要吃嗎？」「我不要吃。」「那我只拿你的雞肉吃。」「我不是那個意思啦，吼——」

結果只有我的餐點變成特製的雞蛋丼，水份充沛的洋蔥絲只好當起雞肉的代理人。

「度會先生幹嘛裝死啊，快起來。」

護士小姐毫不手軟地扒開度會先生的第二層肌膚。

棉被底下有一個毫無血色，把身體像獨角仙幼蟲一樣縮在一起的老人。

大概連護士小姐也察覺狀況不太對，她掛上嚴肅的工作表情（妳行嗎）。

「下午要檢查一下嗎？」

度會先生「免了、免了」地，像個剛出生的殭屍努力以趴著的姿勢扭動上半身。

護士小姐按著太陽穴煩惱地看著度會先生的怪模樣，但她也只能尊重患者的意志。

「飯吃不下的話就給別人吃喔。」

不管怎樣都不希望有人吃剩的護士小姐。

不過……

長瀨透和長瀨一樹。

姊妹兩人似乎都不太會說謊。

和我一樣。

「嗯——雞肉有一點泡泡的味道耶。好苦——」

「那是因為妳不小心吸了一口吧？」

唯一不同的是，我是慣犯。

「不送妳回去沒關係嗎？」

融洽地用完中餐並休息片刻後，我這麼詢問一樹（她要求我這麼問）。

「嗯，這裡離我家很近——」

一樹甚至飆出讓臉頰泛紅的演技，十分起勁。難不成長瀨連這種對話都向妹妹報告嗎?就算厚顏無恥如我也難為情地招架不住。

「今天分手的親親要親哪裡呢——?」

混帳，真的一字也不差。我丟臉到魂魄想從嘴裡跑出來逃亡。

「你不放手我沒辦法走呀!可是我根本不想回家啦——」

我根本沒牽!妳趕快以音速離開這裡吧!

「還…還是那個?你今天不想讓我回家?就在這…這個公園，這個空地……」

別連這種私事都重現出來啊!妳這個、這個……

「……饒了我吧。」

我向眼前這個小學四年級的女生低頭求饒。一樹一點也不懂「斟酌」這個字眼的意思，十分滿足開心。

如果我是穿著女裝的大和撫子，我可能會不甘受辱而咬舌自盡。

「玩笑開夠了，要不要請那位護士小姐陪妳回去?」

我覺得只要叫一聲，護士小姐就會從牆上的汙黑斑點中現身。

「現在還是白天，我可以啦，別把我當小孩——!」

憤慨的一樹衝到病房的門口，打開門後溫和地丟下「掰掰囉——」這句話，就以跑步模式消失在走廊上。

「喂。」

一樹才跑出去，就有一道和老邁相反的粗獷聲音對我喊著。

度會先生模擬蝸牛的樣子從棉被爬著露出上半身，突然開口叫我。

「剛剛的話是怎麼一回事？」

「啊？我絕對不是在預習排練要怎麼詐欺結婚。」「你不是問她有關犯人的事嗎？」度會先生吃下了餌，上鉤了。

釣到一條了。

度會先生語氣和呼吸急促地詢問。

嗯，看來他的身體狀況恢復了。特地在這裡和一樹講話總算有價值了。

「只是基於一點好奇心才問的。」「別囉嗦，快回答。」

本體從棉被中噴射出來。

有著顯眼黃色齒垢的老人和我緊貼在一起。

高中生去商店了，所以很討厭的，房間裡只剩下我們兩個。

「你還沒耳背嘛，還聽得清楚我們的對話。」

「沒錯，我的耳朵還在服役中呢，快說。」

「我沒有理由告訴你。這和度會先生有關係嗎？」「有。」

他果斷乾脆地回答。

「和名和三秋及長瀨一樹其中哪一個有關？」

「……和長瀨一樹有關。」

我不畏威權的樣子讓度會先生說話顯得驚慌失措。

「什麼樣的關係？」

度會先生支吾半天不肯回答我的問題，也沒有以虐待老人來反擊我。

「不想說的話，那我還有事先走了。」

「知道了啦——」

在我的催促逼迫下，他終於說出爆炸性的發言。

「那個孩子，長瀨一樹是我的孫女。」

眼裡好像有什麼爆炸。

腦漿好像在受到刺激下噴出來了。

……這預料不到的發展，就像被背後靈從正面攻擊一樣。

「那麼長瀨……這個姓？」

「長瀨是她媽媽的姓。結婚的時候我兒子和我大吵一架，說什麼不想和我用同一個姓，改用他老婆的姓。所以才會不一樣。」

「……………………………」

長瀨的、一樹的。

血緣。孫女、祖父。

也就是所謂的……

我放出的釣線，以別的方式釣到了漁獲呢。

「這件事值得驚訝到出神嗎？」

「沒有啦……也就是說，度會先生是挑食者的權威囉？」

「啥？」

對缺乏骨骼主要成分的老人，一點點俏皮話似乎也會讓他不愉快。

「可是一樹和長瀨對你完全沒感覺耶。」

心中雖然擔心這樣講是否失言，但我還是沒有半途而廢地說到最後。

度會先生臉上染上一層寂寥回答道：

「我從來沒向她們自我介紹過，她們不知道我的事。」

「喔喔……」原來如此，以前長瀨曾經……「也對……」

「很少有祖父母會對自己的孫子毫不關心的。」

這是蘊含度會先生深深感慨及歲月的意見。

不禁讓我聯想到麻由的祖父母。

度會先生沒有被我這種感傷影響，他彷彿要伸手揪住我的胸口般，口沫直噴地追問：

「別讓我的孫女捲入危險。」

「豈有此理。我只是和那孩子約好要找到名和三秋罷了。」

「找到？你是警方的人？」

「不是，我只是個當時如果一個不小心，可能會跟著一起叫你祖父的人罷了。」

不過和妹妹之間的可能性不會用過去式來描述。我這個故意惹祖父發怒的活寶放棄正在工作職場上的舌頭，改在心中開起文字野餐。

「啊啊，對了、對了、對了，你和透是……」句尾還加上幾聲咋舌。

「不過現在的關係不太愉快。」

我本來想說我和她曾有難為情的曖昧關係，還好我的舌頭剛好在休息。

不知道他是把我的話當耳邊風根本沒聽，還是因為中了我的毒而讓靈魂沒了勁呢？

度會先生發洩完老人所有的興奮後，又縮進自己的住處。

「就算和孫子沒有任何交流，孫子還是很重要的吧？」

「自己的小孩變成父母。當我回想起第一次有孩子的時候，就會產生對歲月的感慨，這種感傷會成為支持自己的力量，所以有孫子是件好事，大部分的祖父都是這麼想的。」

度會先生搖身一變成為感慨萬千，訴說人情世故的說書人。

我也不知不覺變成了聽眾，同時尋找空隙插話。

「雖然我覺得那個不見的女孩很可憐，不過雙親低頭請託的姿態更讓人鼻酸。」

……他剛剛說……？

空氣中插入一陣不和諧的風浪，給我一個插嘴的機會。

「……女孩子是嗎？」

我故意停頓了一秒才提出疑問。

這是為了確認漁獲成果。

度會先生把好似已經萎縮的眼球周圍弄出皺紋，擺出類似瞪人的眼神。

「怎麼了？」

「不，你說女孩子是嗎？」

「是啊？」

度會先生大概有些焦躁，連語氣都變得粗野。

我先冷淡地用「很奇怪喔——」當開場白，點明我的疑問。

「為什麼你知道死掉的是女孩子？」

「為什麼……」

「那個孩子叫做名和三秋耶。一般來說都會認為是男生的名字吧！」

剛剛的證言明顯有矛盾之處。我伸出專門用來指人的那根手指。

在我的追問下，度會先生露出困惑、吃驚的表情。

「她和一樹住同一間病房耶？不知道才奇怪吧？」

「是喔？」的確如此。

「還有，你是沒看報紙嗎？報導了一堆相關新聞耶。」

度會先生一掃即將如赤潮般發生的困惑，如此回答。

「啊啊，原來如此。我之前還真的沒看報紙耶……現在也是。」

「還有什麼問題。」

「我還有一個問題。」

「什麼問題，說啊。」

「為什麼你知道那個女孩子死掉了？」

「你……」

這時，度會先生身上除了心臟及血液以外的東西全都暫停運作。

他現在才發現自己剛剛竟然回答了我杜撰的問題，但為時已晚。

「電視和報紙還只是把她當作失蹤喔！沒人寫過她已經被殺害的報導，你為什麼沒有提到這一點？你剛剛有聽到我說的話吧，我剛剛是說死掉的女孩子喔！」

你的耳朵還在服役中不是嗎？我用手指敲敲自己的耳朵，補上一記令人不愉快的追擊。度會先生陷入混亂。如果用文字來表現，那就是他的困惑每分每秒都在升溫，讓觀眾不會看膩。眼神虹彩的清濁、呼吸的急促、手部微微震動。

不久之後，他大概找到脫身法了吧，把所有的困惑集中在一點解決。

「不好意思，我沒有聽清楚。年記大了以後，集中力就愈來愈不夠了，沒辦法把人說的話全都聽清楚。」

「是嗎？那真有點可憐呢。」

雖然是騙他的，不過我手撫著胸大大地左右搖頭。這種說話方式和奈月小姐一樣呢。

「你對災難和內心感到痛苦的人類的安全沒興趣嗎？不過只要是和一樹有關的事就毫不費力地聽出來了呢。」

「因為那是和我孫女有關的事。」

從他毫不遲疑說出口這一點看來，這句話的確有其道理。只要和麻由有關，就算用超小音波述說，我也有自信聽出來。男人的氣魄可以暫時擺一邊，騙你的。

「說得也對。如果眼睛裝不下孫子，至少耳朵塞得下嘛。」

「喂喂，你在說什麼我聽不懂啦。」

度會先生就像一隻先前一直被人踩著尾巴，現在終於獲得解放的狗一樣，緊繃的肩膀和肌肉終於放鬆。就在這一瞬間，我獻上這句話。

舌頭上突然產生一種像是以指頭刺進肋骨間隙的感觸。

「啊，還有一件事。」

「有完沒完啊……」

度會先生露出軟弱無力的微笑，宛如在告訴我他是個體弱的老人。

我不禁嘲笑起只會用這種角度觀察事物的自己。

「你為什麼知道她是被殺的？」

正所謂有二就有三。

說度會先生的身體和臉部正忙著表現驚訝和驚嘆一點也不為過。

想必一定會對健康有不良的影響。

「我只說過一次她死了，之後我就說她被殺了。可是度會先生對這一點也毫無疑問，你的注意力也太散漫了吧？」

你覺得和我之間的對話輕如鴻毛到可以心不在焉嗎？

其實也真的是這樣吧——不過不知道你現在有沒有感受到一點重量呢？

「這房間的暖氣也太強了吧。」

討厭的汗水讓他的鼻頭泛起油光。

不過，被我嚇到這樣失魂落魄，不知道腦細胞面臨絕種的頭部有沒有變得沉重呢？

其實說錯話的又不是度會先生本人，只要找一找還是有很多反駁的空間。

如果是奈月小姐或醫師就不會對這種無聊的問題上鉤，況且也不會有我說話的餘地，因為她們的個性是在跨欄比賽中會把跨欄直接踢倒的類型。

度會先生好像也終於想到這一點，他就像漫畫裡的主角下決定時一樣，全身湧現活力。語調也甩開先前的混濁感，再次開始正常運作。

「那你又為什麼會知道？」

喔？以這種方法反擊嗎？

「我是因為你突然說這種超越常軌的事才會驚慌失措的。不過如果你說的是真的，那麼你又為什麼會知道呢？」

度會先生用充血的眼球向我攻來。原來如此，他是在說我才是犯人嗎？

那我也要用讓他連吭都吭不出來的謊言反擊。

「其實我目擊了犯案過程呢。」

我裝出嚴肅的表情努力說服他。

度會先生像個超好騙的老爺爺，還真的毫不懷疑地相信了。

高雅的精神在短短二十秒內就瓦解了。

音調遭遇脫軌事件，不停交互緊急煞車、緩慢前進。

「犯罪過程？是說……那個小妹妹……？」

「嗯嗯，從頭到尾毫無保留。那是無可奈何的殺人，說是意外也不為過，死得十分莫名其妙且不愉快。不過對死掉的本人及家人來說，讓他們絕望的是結果而非過程。」

要是他再追問下去，我就得把如薄紙一張的謊言摺成四折，然後再摺幾下讓它變成一隻鶴飛走，作為用來讓對方的發言及力氣窒息的武器加以活用。

奈月小姐在百貨公司時就曾免費體驗過這種感覺。不，看來雖像，但實際並不同吧！

用語言玩弄高齡者讓他身心衰弱這種事，就算是那個被欺負的小孩也會猶豫不決地以一定的距離用擴音器努力吧。為了避免輿論的抨擊，他也不會面對面口頭爭辯吧？真是惡劣。

「所以我沒辦法達成和一樹之間的約定呢。」

其實我一點都不覺得可惜。

那麼，度會先生怎麼想呢？

這個問題我並沒有丟給度會先生。我基於個人的理由，把這個問題保存在胸口。

度會先生整個虛脫、嘴巴微張，簡直就像靈魂即將升天，從額頭附近發出聲音。

「你既然知道，為什麼不告訴警察？」

「因為我有不能說的理由。」

我試著把「我不知道」幾個平淡的字，裝飾成讓度會先生覺得那是有理由的。

不過對方不知道我不知道，我根植他心中的疑惑就像沒有根的樹木。如果他找不到讓樹木枯萎的方法或是覺悟，那麼痛苦就會逐漸侵蝕，讓內心因痛苦而感到沉重。

「我要去幫我媽掃墓了，傍晚之前請多保重。」

我將手掌對著度會先生攤開，揮了揮手指做出「我出門了」的招呼。

雖然有種偏見認為在抓鬼遊戲裡當鬼的很難讓人有好印象，但是為什麼只要結束遊戲不再當鬼，這種印象也會跟著改變呢？

我撐著丁字杖，在地板上邁開大步離開病房，將被不安以及恐懼所侵襲的老爺爺一個人遺留在病房裡。

某個老人在鄉下醫院的病房裡孤寂而死。他那哀愁的背影，真會讓人不禁想要事先幫他準備好這個標題。

走廊上還有尚未回收，堆滿餐盤的送餐車等著她的到來。餐車總是被女性控制，卻也受到女性所支持，真是個建立起不可思議關係的傢伙。

不過對物品的人際關係我沒什麼建議好說。我單方面向送餐車告別，將左腳及丁字杖朝麻由暫時的住所伸去。在與和藹的計程車司機先生聊天之前，我決定先去看麻由的狀況。雖然她的睡臉並不是滋潤心靈的礦泉水，也不是都會的雨水或用來漱口的泥水，但也不像已經處理過的自來水一樣無色無味，反而具有類似地下水的神秘性。叔叔家的飲水到現在還是井水呢。鄉下真是好地方！閒聊終止。

雖然脫離前往掃墓的正常軌道，但是我已經決定要去看看麻由無意識的表情。不過她無意識的時候表情那麼死板，代表和我在一起的時候是有意識的囉?這句話散發著一股哲學的氣氛。

我文學性的求知欲望，在需要因某種苦衷住在亞馬遜森林深處宇宙人的幫助才爬得上去的運動系樓梯前，為我的移動行為亮起了紅燈。

這間醫院的樓梯角度不只危險，長度又長，所以電梯很受歡迎。不過年輕人去搭電梯的話會被電梯裡滿滿的老人用嫉妒的眼光烘烤，所以為了表面虛榮的患者只好以去參加柔道社合宿的氣勢爬樓梯。就算沒有像我一樣的樓梯使用者我還是照走，之前我向奈月小姐這樣自吹自擂，結果她竟然問我「你喜歡疲勞骨折喔?」真是討厭。

走完這減損我三秒壽命的樓梯後，就在一旁的走廊上成功看到在出病房正前方的窗邊丟棄某種東西的麻由。

「……………………」

那個東西好像是醫師送我的（我當作是她送的）漫畫。和麻由右手十分相襯的藍柄剪刀把書衣、內頁剪個粉碎。粗略的處理結束後，不是把碎紙丟到鍋子裡煮而是丟到窗外，接著做出用剪刀刺穿漫畫正中央，然後用力扯開劃破的破壞行為。這種浪費、亂丟地球資源企圖汙染地球的行為，醫院相關人員卻以和寒冬十分相襯的冷淡態度當作沒看到，因為他們的工作是救人命，沒那個閒時間去救地球這顆母星。騙你的。單純只是因為不想被這接近暴力行為的人所牽連罷了。

我把中斷麻由的作業當做目的接近窗邊，麻由對我獨特的腳步聲產生反應，停下手邊的動作轉頭看我。當然，因為是在病房外，所以她臉上毫無表情。

「嗨，早啊。」

因為已經過了中午，以正確的概念來說該說午安，不過我以前曾說午安被麻由罵了一頓，說什麼剛起床不管幾點都要說早安。

「妳在做什麼呢？」

因為她沒有回話，所以再次由我發言。她動了動剪刀。

「這個不是阿道的吧？」

她把漫畫的屍骸放在手掌上遞到我面前。頁面被剪過的殘缺碎片上，因為物理因素而失去脖子以下部分的女主角正笑著流血……不對，真奇怪，漫畫明明是黑白印刷的，為什麼卻染上一層鮮紅色的血呢？然而事實就擺在眼前，讓人不能懷疑它的真實性。

「小麻，妳的手指……怎麼了？」

麻由的手指被銀色的剪刀剪掉一層薄皮和肉，當場變成畫具兼畫筆。

幾條新生的熟透紅色裂痕不規則地劃破手指，血液重疊、交叉地折磨著肌膚，手掌上除了生命線、健康線之外，還自行追加幾道似乎可以代表獨特手相的傷痕，連漫畫的紙屑碎片上都塗滿了一層鮮紅血液。

操作剪刀慣用的右手手指，也呈現誤以為被滿門抄斬的淒涼。

但麻由卻絲毫不喊痛，只是看著我收到的探望禮品。

「為什麼連手指也要剪？」

「因為很臭。」

「啊？」

「因為沾上這本書的臭味，所以全都剪掉。」

「……………………………………………這樣啊。」

她只回了不帶絲毫感情的肯定回答。

細心處理蘋果的態度，是消散何方了呢？

她處理的東西和她自己的基本色調，都一起變成了紅色。

麻由總是輕易超越我的預想及期待。

麻由聞了聞血的腥臭味，滿足地點點頭，接著轉頭瞪著我。

「這是誰給你的？誰來過了？你和誰見過面？」

麻由直接追問三個問題，她無意識地將沾附著腥紅液體的兩片刀片尖端亮在我面前，我還不想死，所以像平常一樣說謊：

「我朋友說住院一定很無聊才給我的，不過那是不認識小麻的無禮傢伙，真是受夠了。」

我發揮演技，爽快地聳聳肩，因其他的理由發出嘆息，這個謊言撒得不太愉快。

不過如果我老實到說「我和妳最討厭的騙子見面」，那麼剪刀可能會以為我是磁鐵，朝我身上飛來。現在的場面已經夠血腥了，要是再亂流血，大概會被來幫我輸血的醫生責罵吧！

就連之前嬸嬸探病帶來的水果禮盒也被麻由給「破壞」了。

我因體內美化環境委員的血液而感到心疼，所以率先把水果處理掉了。不過這是騙你的。

「那我可以丟掉吧。」

「可以是可以啦……用垃圾桶吧！」

出院以後得投資一筆零用錢重買了。還有，等一下得向護士小姐拿一些ＯＫ繃。

「小麻，妳站著別動……啊啊，請妳站直不要動。」

麻由聽從我的吩咐，駝著背將正面轉向我。

我點點頭，將丁字杖靠在窗邊曬太陽，用單腳取得身體的平衡。

然後，為了潤滑高中生難以填滿的春夏情懷以及怪人（啊，不對，是戀人）的心情，我在大白天對麻由做出擁抱行為。我為了確保能四肢健全地走到最後一集而做著微薄的努力，而這也是為了讓麻由別再用自己的血當作顏料。

再加上我也有興趣想知道在人前做出這種動作，他們會有什麼反應。

麻由那畏畏縮縮地環抱到我身後的手，到現在還連接著以槓桿原理切斷物體的道具。我的背脊因許多原因而發冷，涼到超越夏天乘涼的涼爽程度，讓我想敬而遠之。

從麻由的指尖滲透到我背上的血液，帶有金屬般的銳利寒意。

我用唇將麻由的眼睛、嘴巴、眼瞼封印，她毫不抵抗地把身體獻給我。

因為醫生還沒幫她換過繃帶，所以她頭上還纏著包得亂七八糟的繃帶。

……雖然已籌備好幫名和三秋洗刷遺憾的策略，不過也得趕緊替麻由頭上的傷報仇。啊，只有理由是騙你的。

不過我也太輕率了，明明有前例還把麻由一個人留在房間。

這次額外衍生的費用以及麻由之所以用直接手段減肥，都是我害的吧！

「……………………」

你和麻由在一起不會感到厭煩嗎？

麻由的祖父母這麼問我。

麻由的祖父母忌諱並逃避著麻由。

所以來找過我之後，沒有和麻由碰面就直接回家了。

只要看過麻由內心的人，大都會和她保持距離。

不過就是因為那樣，我才有獨佔她的機會，代價就是自行當起驅趕惡意的殺蟲劑。

……不過——

該說被獨佔的是我比較正確。

解決一切麻煩恢復祥和後，又繼續扮演一對笨蛋情侶。

冀望著如此平凡的每天，希望謙虛的我們可以得到幸福。

希望這不是謊話。

先去掃墓，然後把現在發生的事件全都解決，在出院前找出真相吧！

第五章「仰望伸手可及的天空」

我變得不太和阿道一起玩了。

最近和大叔說話比較開心。

大叔最近常開玩笑說「我雖然有老婆、小孩，可是沒有朋友。」

不過我總會接著說「我就是你的朋友呀！」

只要這麼說，大叔就會開心，而我也會跟著笑。

我和大叔聊了很多。

聊喜歡的東西；也抱怨不喜歡的東西。

雖然大叔說他是聖誕老人。

但對我來說，我覺得大叔是聖誕老人送我的禮物。

「大叔真的很像聖誕老人呢。」

我故意編造的話語讓大叔開心地瞇起眼睛微笑。

然後——

還真想當當看呢！

大叔真的很開心似地這麼說。

虐待老人的初體驗後四天。

那天傍晚，我在麻由的病房剪指甲。

不是我的，而是麻由這隻動物的指甲。

我在病床鋪上衛生紙，將麻由那五根手指和被捆滿ＯＫ繃以及繃帶的手掌放在衛生紙上，再幫她剪去過長的指甲並用搓刀修磨。因為如果放著不管，麻由這個懶惰鬼會放任指甲肆意生長，這麼一來抱她的時候我還會被她的指甲刺到。光是這樣那也就算了，重點是麻由還有可能因為折斷指甲而受傷。

「感覺挺不錯的耶，好像公主喔。」

麻由從剛才開始就發出陣陣帶有上位者傲慢態度的笑聲，並說出這樣的感想。

不過麻由是個遠離塵囂的美少女，所以這種笑聲並不會不適合她。

「那阿道就是王子了。」

「什麼王子，說我是負責保養公主指甲的傭人還比較貼切吧。」

就算真的是王子，前面也必須加上笨蛋這個形容詞吧！

我一邊開心地享受和危險搭不上邊的對話，一邊喀喀地痛快剪掉指甲利刃。

「僕人……阿道願意為我盡心盡力也不錯呢——」

麻由不知道為什麼，突然倒吸了一口口水，應該是因為腸胃突然變成飯前三十分鐘飢餓狀態的關係吧！

「我以前有過工蟻這麼一個綽號，服侍別人挺適合我的本性呢。」

「咦——阿道從以前就一直是阿道啊！」

「也——對——啦——」

我隨意帶過話題，接著將目標轉移到腳指甲。

我用手指捧起腳踝，剪掉發育狀況不像手指甲那麼好的腳指甲。麻由的腳指甲跟小孩子的一樣又圓又好摸，以前幫她塗指甲油的時候也有同樣的感想。

「對了，今天下午你跑哪去了？」

麻由皮笑肉不笑的笑容，直接向我表達內心無法掩飾的疑惑。

「我去阿道那裡找你，卻沒找到。」

「咦？妳今天沒睡午覺啊？」

「我三點就起床了啦——！別把我當小孩子！」

這個幼稚園兒童用雙腳亂踢表示她的反抗，指甲墳塚被腳踢得散落床面，我被迫放下指甲刀轉而進行回收作業，邊收拾邊思考著要如何騙過失望的麻由。

事實是，當時我正和這幾天同樣定居在西病棟某病房的阿婆一起吃煎餅。也不過是嘮嘮叨叨地用似是而非的方言跟我說著「速嗎？」「真速的」「哪有那回速」這一類無意義的話，這樣也會被當成外遇或不倫嗎？雖然對方也是個人妻，不過措辭的選擇會受發言者情緒的影響，我連太太這個名詞都不想用來稱呼她。

那麼我該怎麼做呢？去朋友家玩、參加法事、採蘑菇、上補習班？這些已經用到發黃的理由不可能使麻由這個新新人類露出讓人想掏出現金送給她的開心笑容。

畢竟她是個連屍體都可以當作嫉妒對象，接受度很高的孩子。

散落床面的指甲屑已經收拾完畢，要說真話或假話都可以，但就是沒有辦法再繼續拖延下去了。騙她說我去商店是很危險的決定，因為麻由當時也去商店確認過我不在的可能性很高。

男女交往除了開心之外，也充滿令人頭大的麻煩事。

「……盯——」緊盯著我的雙眼正在譴責我。「……我是去拿這個啦！」

不怕一萬只怕萬一，有備無患。我把自己薄如世間冷暖人情的生命，託付給同樣輕薄且摺成四角型的紙片上。

沒想到我會這麼快拜託它上場打擊。

「這是什麼？」

「結婚登記表。」

麻由就像在學校拿到色情書刊，趕忙塞進書包裡的國中男生一樣急忙攤開紙片。在她上下打量，以令人擔心她會不會把紙撕成兩半的氣勢打開登記表後，原本的不開心消失無蹤，接著當然是向我發動突擊。

「喔呼呼嘻嘻呵呵呵呵……」

這還是我第一次看到什麼叫做笑面佛。另外，目擊腦袋的螺絲被卸下的那一瞬間也是很久以前的事了。

「那今天開始我就是阿道麻囉。」

「喔——這個名字不錯。」

好，騙過了。這是我之前要求奈月小姐帶來的探病禮物，過去的我真了不起。不過離婚申請書則是多餘的。要是被她看到，就算明明沒結婚她也會哭著拒絕跟我離婚。

我阻止立刻想填上名字的麻由，咀嚼著我得以延續的生命把指甲剪完。

接著是清耳朵。

麻由幫我清耳朵的次數，和這世界上從沒說過謊的大人人數一樣多。

我抓住在我的大腿上動來動去，不了解要做什麼的麻由的脖子，從髮堆裡掏出她的耳朵。雖然她拍打耳垂對我粗魯的手法表示抗議，但我毫不在意地將棉花棒插進她的耳朵，直到掏出耳朵裡的廢棄物之後，麻由的電源才終於關上。

「嗯，這是村裡的儲備糧食嗎？」「真不想把這種東西當作年貢交出去呢……」

胡扯的麻由和有點認真的我，進行完全成反比的對話。

「希望以後妳偶爾可以自己弄。」

「啊——？我才不要。因為阿道會幫我弄呀。」

「妳不是小孩子了吧？」

「小麻只有現在是六歲。」

她努力創造出天真爛漫的表情當作證據。從會依情況改變自己的主張這一點看來，麻由也已經是個花漾年華的少女了。

我做出這總比謊稱自己三十歲來得恰當的結論後，繼續幫她掏耳朵。

麻由就像坐在暖爐桌前取暖的主婦，規規矩矩地把身體交給我。

真是一段令人感到舒服的寂靜時間。

就在這段寂靜中，過去的記憶突然被喚醒。

……掏耳朵嗎？

以前曾以唸書為藉口被帶到長瀨家。在長瀨的房間裡，進行現在聽來會淪為讓我苦悶而死的咒罵，並墮入甘甜血池地獄般的甜蜜對話，同時讓長瀨幫我清耳朵。使用完的掏耳棒前端還染上了紅色，讓我記憶深刻。

之後，嗯……我立志成為少年周刊的主角，所以就省略不說了。

不過，除了未來的我們之外，又有誰會知道我們的關係在隔天的禮拜一就解除了呢？

「……好，翻到另一邊。」

麻由雙手高舉，擺出歡呼萬歲的姿勢把身體轉了半圈。接下來是右耳，所以我也把棉花棒倒轉了過來。

「弄好以後一起洗澡吧——」

住院生活和入浴、熄燈時間這種紀律完全無緣的少女，天真爛漫又不知羞恥地向我提出這個建議。我判斷洗完澡後再去想去的地方也來得及，因此以「就這麼辦吧！」贊同她的建議。

接著病房又回歸沉默的空間。

過去的記憶仍在螢幕上顯示著，只是被按下暫停撥放罷了。

我有點猶豫地按下播放。

在長瀨家門前分開時約好明天見的隔天。

讓我們兩人變回不相干外人的原因。

原因是長瀨知道了我的過去。

消息傳達的路線有好幾條，譬如以前曾是我朋友的人。

大概某人前幾天看到我和長瀨在教室裡也開始處得很愉快，所以告訴她我的背景吧？

長瀨之前的無知，只是顯示她是個非常沒有常識的人種罷了。

之後，放學後我和長瀨面對面。

我還記得。

長瀨那副愁眉苦臉的表情。

也記得她說「我根本不想知道」。

以多愁善感的十來歲少年自居的我，裝出因為這句話內心受創的樣子和長瀨分手。

心中感謝著上天讓我想起自己的立場。

畢竟這種事我也無可奈何。

不過我現在正懷抱著不一樣的東西。

那是錯誤的。

我們還不是互不相干的外人。

「每次都覺得這真是個怪癖呢。」

只要刺激右耳，麻由就會輕咳。我記得我的父親也會這樣。

「這是小麻的個人識別。」

「如果真的那麼重要，拜託妳定期幫它打掃一下。」

麻由對我說的話不理不睬，她把臉頰偎近我的大腿，舒適的躺著。

……我突然覺得，其實擔任挖耳朵的工作也不壞嘛。

「好，結束囉。」

「呼啊——」

麻由打了個呵欠，絲毫沒有想要移動的意願。

「呼啊什麼啊……不是要洗澡？」

我真的真的沒有期待和她一起洗澡。

「我被阿道的大腿打敗了。」

「我說妳啊……這種話通常是男生說的吧？」

「我起不來了。」

「……算了。」

算了啊——

……人類呀，只有能一直重新站起的傢伙才會贏。

這是大多數人信奉的人生道理。

嗯，應該是真理吧？

不過真要說的話，為了屢仆屢起，前面就得摔倒那麼多次，而在摔倒的過程中，大多數人都會失去再也無法挽回的東西。

但就算如此，也比無止盡的失敗來得好。

因為我們就連跌倒時撐住身體的地面都失去了。

……那麼。

今天也精神奕奕地去料理已經超過保存期限的魚吧！

熄燈前去拜訪的病房變成陰氣凝聚的場所，用意志消沉這個成語形容相當貼切。

造成這種氣氛的原因當然是度會先生。

和我談話後，這四天來他似乎有點精神錯亂，總用棉被把自己緊緊包住，大概是試圖用棉被擋住他幻想出來的威脅，整天像個吟詠俳句的詩人般喃喃囈語。他大概每天都在擔心我會把手上的情報向那些把院內弄得烏煙瘴氣，認真工作的警察們密告吧！

對度會先生這種瀕臨死亡的模樣，高中生採取敬而遠之的策略，而中年人斷斷續續的呢喃程度也和度會先生不相上下。我雖然從三天前就開始積極地嘗試和他交流，不過到現在為止他都沒有任何反應。

醫生和護士都不是精神方面的專業醫護人員，所以也不知該如何處理。因為和親人完全沒有連繫，就連身為同樣戶籍、同時住院的鴛鴦夫妻的另一半也以逼近零度的冷淡態度說「我可不管喔！」繼續專心欣賞她的電視節目。這個老人，說不定已經失去了和人類之間的連繫。

所以我才當起他的孫子，勤快地找他說話。

是不是該開始做希望可以變成三天打漁二天曬網的例行公事了呢？

騙得有點過頭了。

「度會先生，你身體怎樣啊？」

我故意屈膝讓彼此視線相對，故意惹對方討厭。我一這麼做，度會先生的臉上立刻因為對我這個小鬼的恐懼感而增加了十條皺紋，躲在棉被這個好友的身後。

難得度會先生好不容易才戰戰兢兢地努力擠出力氣把臉露到外界，被我一搞，這下子前功盡棄了。雖然想要好好反省，不過除了這件事以外我還有堆積如山的反省材料，實際執行大概要等到五年以後吧！

「今天也要去看屍體嗎？」

我輕輕地詢問這句宛如書信慣用句的問題，不過我的筆友卻沒有回信。

所以我單方面用怪異的文章書寫信件。

我低語著「你害怕的屍體是女生吧？」禱告著「你認識那女孩」「甚至知道皮膚的觸感」，詠唱著「不知道她的臉色怎樣呢？」「死的時候表情如何扭曲呢？」念誦著「你全都體驗過」。

因為沒有明顯的反應，所以我不太清楚有多大的效果。不過我樂觀地認為只要持之以恆一定有用，應該多少有產生影響。

離出院還有兩天。在那之前重複這個行為，如果還是沒有表現出任何變化……那就不擇手段只求達成目的吧！以度會先生現在這種身體狀況，要變成他人的障礙物既麻煩又困難吧！

世俗用異樣眼神看待在衰弱老人的耳邊不知呢喃什麼的少年，不過這裡沒有會真正動手採取具體行動的，那種充滿正義感的高中生和中年人。

「你不去對那個女孩說些話嗎？」

我試圖扒下充當耳塞兼眼罩的棉被，但卻被因血管過度凸出而注意不到皺紋的手阻攔。

「那個女孩為什麼來到度會先生面前呢？」

她是初戀的少女嗎？我低俗地敲鑼打鼓。度會先生對此的感想就像無色無味的空氣一般，讓我感到無比空虛。

「趕快讓身體好起來，去見一樹喔。」

那個孩子是你現在活下去的價值吧？

不過你對姊姊好像就沒什麼感覺。

今天的探病這個大麻煩事，就到此收手吧！

「晚安，明天見。」

我彬彬有禮、貌似恭敬實則輕蔑地說了晚安後，只向中年人稍微示意便離開病房。

我在沒有人的走廊上一時佇足，接著把麻由的病房設定為目的地。

考量到度會先生的精神衛生及我的健康，應該要懷疑我住的病房的安全性。

我的自信沒有高到有膽睡在清楚可見的落穴旁。

不過，度會先生……

不可能永遠維持那樣。

因為前方就像被漆黑填滿的窗戶般一片黑暗。

畢竟已經走到崖邊，不可能永遠站在那裡不動。

況且腳下的地面可能比本人先瓦解。

虧度會先生還說過自己的夢想是過著像這條走廊一樣穩固的老年生活呢，真是可憐。騙你騙得還真大。

背後突然傳來一陣怒吼，某個東西跟著一起飛來。

我不可能因為突然其來的寒顫變得可以往旁邊跳。

是拳頭？水管？還是椅子？

我的右肩被毫不留情地痛打，被打落的右手丁字杖在地面翻滾。雖然口中洩出苦悶的呻吟，但大腦還是可以判斷兇器的種類。

我突然揮動剩下的左手丁字杖抵消接下來的攻擊，不過手卻因為那道衝擊而發麻，連用來抵抗的丁字杖也因此被擊飛落地。在撿起丁字杖之前，我就被打得躺在地上了。

眼睛佈滿血絲的度會先生高舉摺椅，接著做出揮棒的動作，毫不留情地用椅子往我的側臉刮來。頭部遭到類似獨立宣言的猛力重擊，腦中突然變成一張白紙。連搞清楚狀況的時間都沒有，第二擊又接著穿透了我的身體。以太陽穴為中心的側面頭部被斜斜落下的椅子痛打，我突然有種七成的耳朵被切碎的感覺，這應該是錯覺吧？

我發出痛苦的慘叫。耳朵雖然試圖拾取某個聲音，卻又被某個東西阻礙。冒出的鮮血引發洪水，加上度會先生的怪異叫聲阻斷了耳朵的電波，在耳朵喪失功能的狀態下，又一個摸不清底細的攻擊和痛楚朝我重壓、擰轉、削砍。那畫面宛如正欣賞著一齣無聲電影。我連舉起右手的時間都沒有。

他用摺椅左右來回賞我耳光，我身體的蕊心，或是該說支架因此被他破壞，很沒男子氣概地往前撲倒，被地板加工變成扁平狀的鼻子傳來鮮明的痛楚。

臉頰上的鮮血和地板摩擦，感覺十分噁心，不過我沒有餘力蹙眉。

度會先生的快速攻擊似乎進入短暫休息時間，他在我上空一百六十公分處急促地收集氧氣。他雖然隨身攜帶著棺木住宿卷，隨時可能入土為安，不過倒是個挺會歌頌人生的傢伙。

如果我再繼續把地板當枕頭，那張免費住宿卷可能就會讓給我。不過我的狗屎運似乎還挺強的，如果就這樣昏過去，也說不定會有人來救我。

我樂觀地看待這件事，不過這次要是真的死了那怎麼辦？

……什麼死了怎麼辦，死了應該是想怎麼辦都辦不了吧？

人掛了不就是這麼一回事嗎？

就算屍體上真的寄宿有亡者的意識，也不被允許現身示眾。

如果掛了，就算被咒罵也無法回嘴；被打也只是單方面挨揍，也無法向喜歡的女孩告白，連搶某人的女朋友也變成遙不可及的夢想。

不過就算這樣也還是有美好的事情，譬如活著的時候曾重視過某人、得到過許多東西、體驗離別的感傷，度過了一個美好的人生。但那又怎樣？

就算一輩子隨心所欲地過活，死了也不會留下任何東西。那麼，人到底為什麼要以自由意志過日子呢？不覺得只是為了消磨還沒死之前的時間嗎？

所謂活著的價值，不過是寶貴又龐大的消磨時間的行為罷了。

之所以認為活著的意義是打發時間，那是因為可以把討厭的事情快轉跳過。

只是因為這樣。

……有時候我覺得活著也挺寶貴的。

因為要是死了就不能和小麻做那檔子事了。

……如果是更早之前，我會覺得死了也無所謂。

不過現在不同，我還想再活一陣子。

別再測試我到底是要死還是要活，我受夠了。

就算沒有被生下來的意義，也仍然有被生下來的理由；即使沒有活著的理由或意義，卻還是有個人的目標存在。

我要開朗、愉快、溫暖、搞笑且虛偽地待在麻由身邊。

要是我死了，麻由不一定能順利找到下一個阿道。

我不想讓她那麼辛苦。

所以我不能死在這裡。

況且我還有話沒對長瀨說。

匍匐在地面的我，手上僅存的武器就是獸性。

我毫不考慮左手的傷，殘酷地驅使它當彈簧讓身體往水平方向跳動。

接下來就是把那根有香港腳的腳拇指狠狠咬斷。

毫不客氣地咬斷，根除內心的遲疑。

這對失去常識枷鎖的我來說一點也不費力。

我露出牙齒用力啃咬，「$#&$&（，&）！」度會先生因此發出慘叫，我扭動身體削去人體的表層，他則「#” （）&（（~）~%&$%$！」地大叫，接著我更用力往下咬。度會先生的叫嚷聲在我上方歌唱著，不帶一絲忍耐。

他用椅子往我的後腦勺猛打，這陣打擊帶來的灼熱感超越了痛楚，我感覺自己很像被拖鞋擊退的蟑螂，不過意識並沒有因此陷入昏厥，這麼一打只是讓我的牙齒更往他的肉裡嵌下罷了。我加快速度讓度會先生尖銳的嘶吼聲更加偏離音程。

第一下、第二下、第三下、第四下，打擊的間隔開始變短了。這樣正好。因為縮短舉起雙手的時間只會造成打擊威力下降。之前的暴行我都可以忍受了，不可能挨不過比剛剛還輕的痛楚。度會先生你根本不懂嘛，你該去向我老爸討教才對。

我的門牙碰到了堅硬的東西，是骨頭。牙齒內側感覺到黏呼呼的血肉觸感、韌筋的味道，以及血、血、血，還是血。滑順的血、黏稠的血、清爽的血。嘴巴內不斷積蓄高漲的體液妨礙我順利呼吸，害我一時停止交換氧氣和二氧化碳。我知道現在是奮力一搏的關鍵時刻，於是在心中默算一、二，接著在下一秒將全身的精力都託付在門牙上。

我拚命地把肉、血和神經咬得血肉模糊。為了活下去，我得阻止這個人類，斷吧、斷吧，快——給——我——斷——啊！

耳裡傳來摺椅摔落地板的輕脆撞擊聲。度會先生的攻擊意識消耗殆盡，將身體託付給自衛本能扭著身子痛苦掙扎。他倒在地板上翻滾，使勁甩動他的腳想把我從他腳上扯開。真像在釣魚。我因血液流失過多而輕微恍神的頭也只能做出這樣的解釋。持續數十秒釣魚扮家家酒後，我終於回神心想差不多可以放開了。我用手摸索，抓住一根丁字杖後放開嘴巴。

即使我移開上半身，度會先生還是站不起來。不過如果是讀秒制的比賽，應該是我輸。

我用丁字杖抵著度會先生的腹部，將全身重量施加在拐杖上站起來。

嘴裡有鮮血和腳指的味道，牙齒內側還牢牢黏著被咬斷的末端肉塊。因為不想弄髒地板，於是就這樣嚥了下去。不過是這種程度的不快，我也懶得吐出來。不過這種程度。

我透過裝上紅色濾鏡的世界俯視在地上抽搐的度會先生。我的耳朵沒被蒙蔽，周圍患者的嘈雜聲如雪崩般湧入耳裡。那些聽到攻擊我的度會先生發出的慘叫聲而來看熱鬧的人似乎正躲得遠遠地看著我們。

「我可不要接受檢查……」

老爺爺你也太有勁了吧？看他這樣，滿是鮮血的我終於深切了解什麼叫蠟燭最後的火光。

「真是的，孫子也好，爺爺也好，都一個樣……」

會正面把球打回來的，難不成只有一樹嗎？

我因為身體狀況不佳，所以叮囑自己不能踢他下體，或用丁字杖打他小腿發洩積怨。

況且我並不恨這個人。

好，去找人幫我治療吧！要是醫院為了這件事和叔叔、嬸嬸連絡，他們肯定會以君子要遠離危險為主軸狠狠唸我一頓。不過現在我還想要命。

我丟下丁字杖，用單腳行走。

雞皮疙瘩熱烈歡迎馳騁後頸周圍的血液，每當我跳躍和著地一次，就在地板用紅色斑點做上記號。我身邊沒有糖果歷險記裡的妹妹陪伴，就算迷路也無所謂，迷了路反而可以當作遊戲。這條走廊在我的病房附近，除了這裡之外其他任何一棟都是我該去的病棟，而天堂應該是這個方向吧？好，我不去天堂。不過，奇怪？周圍的人都跑哪去了？我的腦袋可沒混亂喔！我輕易地導出我是因為頭部被血和熱度搞得判斷力不足的答案，所以沒必要問那個問題。

來吧，愉快地走吧！

我現在走在哪裡呢？嬸嬸會原諒我嗎？會讓我出院嗎？現在是晚上嗎？我還是我嗎？要去哪裡，我才會是真正的我呢？

啊——好舒服。我只是裝作在為某事煩惱，其實根本沒在動腦。

所謂醉到前後不分，就是感受這種錯亂的解放感嗎？

我還沒喝過酒，所以不得要領。

我化身日本殭屍跳躍著前進，在一條我無法判斷是哪一棟的走廊上遇到巨大的桃色物體。我瞇起眼睛仔細一看，色塊就變了形。

原來是那個護士小姐，她不知道為什麼對我比出食指、小指下彎的手勢。「是鐵銹紅耶。」

「你都這樣叫我嗎？」

我開始沒有餘力隱藏內心的真實。

「先別提那件事，你變得挺有男人味耶，還活著嗎？」

她用手在我鼻子前面揮，最後離開時還用中指指甲彈了我鼻子一下。

「勉勉強強啦。」

現在不是悠閒聊天的時候。嗯嗯……不行了，原本應該流到頭部的血液從太陽穴和嘴唇流出來，無法送抵頭部，腦袋根本動不了。

竟然大方地在血流如注的我面前「看」，這個護士到底在想什麼啊？

大概在想——怎樣都好，就是不要變成麻煩事就好吧！

……啊——不過不管了啦，就仰賴這個人吧，反正我都快掛了。

「對不起，可以幫我嗎？」

「嗯——」

她有些不甘願。這讓我認為她察言觀色的機能根本就故障了。

「幫什麼？」

這是多麼具有意義又充滿哲學的疑問啊（本人的意圖撇開不談）！

我的嘴角也在這種氣氛的影響下上揚，臉上的鮮血順勢流進口中。

……該怎麼說呢。

有很多事呢。

不過都是非得我自己去做才行的事。

誰叫我自做自受。

「就是眼前流下來的這個紅色物體。」

「嗯，得從鮮血所警示的這個危險中撤退才行。」

「虧妳知道這種上一世代的笑話。」

「上來吧！」

護士小姐蹲下身體開放背上的空間。她搬得動我嗎？我記得這個人好像學過空手道。

我乖乖爬上她的背。因為不能抓住我的右腳，所以姿勢變得很醜。不過護士小姐卻悠哉地站起身，流露大無畏的微笑：

「沒想到你尺寸挺小的——」

「因為我食量少。」

「不，我是說心眼。」不用妳多嘴。

「客人，要上哪去呀？」

「……連說出口我都覺得愚蠢，去診療室。」

「是嗎？最近不太景氣，只有車站附近有。」「快點幹活。」

護士小姐發著牢騷說「真是傲慢……」然後高速前進。「哇啊！」

太快了啦。

比飛毛腿還誇張。

護士小姐奔跑的速度輕易突破我個人的法定速限。

她以能震飛寫著別在走廊上奔跑的海報以及我這個行李的氣勢踐踏著地板，輕易地一次向下跳跨五、六層階梯，毫不放慢速度地在樓梯平台轉彎。

「哇喔，我會撞到牆壁啦！煞車在哪裡！」

「油門全開、油門全開，印度人向右（註：某遊戲雜誌曾發生將「方向盤向右」誤植為「印度人向右」的錯誤而被引為笑談）！」

別說救助，我連魂魄都被耗損得更嚴重了。

直到抵達中央病棟，呼吸毫無紊亂的護士小姐才放慢前進速度。

「雖然我不太了解，不過危機已經過去了，不對，是你已經脫離了危機吧？」

「用過去式真的對嗎？」

雖然危險的類型不同，不過我身旁依舊有一號危險人物。

「姊姊覺得你才一副危險的樣子呢。」

那當然啦，流著血還能擺出笑臉說「我沒事」的才是危險人物。不管血液以何種方式流出，都蘊含著危機吧！

護士小姐再度開始移動，順口向我詢問一些問題。

「你幹了什麼？暴力事件嗎？」

「爺爺因為不滿飯量太少，一個人發動反抗啦！」

「你說的爺爺是隔壁床的度會先生嗎？」

「嗯。」

……我只說了爺爺兩個字，妳馬上就提起度會先生喔？

「是度會先生啊！那個人和妳女友的傷害事件有關係嗎？」

「不清楚耶……」

就在我岔開話題時，另一名護士小姐從走廊迎面走來。

她被我這個紅色患者嚇到吃驚地合不攏嘴。

「可以幫我轉達其他人準備幫這位患者治療以及進行頭部檢查嗎？」

背著我的護士小姐迅速轉達重點後，同事立刻採取行動。從平常的個性很難看出的嚴肅應對態度，以及說話毫無累贅修飾這一點輕易贏得我的讚賞。

「沒想到妳工作挺認真的嘛！」

「我是個認真到可以加上必殺兩個字的工作者（註：日本時代劇「必殺仕事人」）。」

原來如此，所以妳在這間醫院才沒希望出頭。

「啊，血……」

劇烈的搖晃讓我流出的血液落在護士小姐的衣服上。

「嗯，原來脖子上是你的血啊？我還以為是口水呢。」

「弄髒妳的衣服真不好意思。」

「偶爾一次無所謂啦──」

是嗎？

護士小姐的嘴唇和臉頰微妙扭曲，似乎讀出我的心思似地回答「對啦！」

「不用勉強撐起身體不貼在我背上。難不成你的體液有腐蝕作用？」

「是沒有……」

「還是你是那種不喜歡觸碰到其他人的個性？」

「……也沒有。」

只是被碰會有點害怕。

護士小姐在微弱的螢光燈下用手指拭去滴落的鮮血。

再次扭曲臉頰說「不用在意。」

「不過是血，洗掉就好了。」

交給幹勁和洗衣機就好啦——這句通俗易懂的結語，把她剛剛認真的印象完全打散。

「啊？剛剛的台詞不夠酷嗎？」

護士小姐似乎不滿我沒有任何反應，收起唇邊的笑意追問。

我鬆開繞著她脖子而僵硬痠痛的手，對她說「謝謝。」

護士小姐「嗯」地隨口回答。

接著我就把因疲勞而失去感覺的身體全都交給她。

即使如此，被傾盆而下的紅水沾濕的背部依舊不屈不撓地支撐著我。

頭部被椅子如雨點般搥打被視為大事件，依護士小姐的指示當天深夜便進行了精密檢查。

在等待準備工作完成期間，護士小姐將繃帶消毒，並拿出塗抹藥物及剪刀。

「那麼，現在開始醫生扮家家酒。」

「妳那個發言內容有點不對吧？」

雖然我沒辦法具體指出哪裡不對，但總覺得怪怪的。

雖然對無意義地重複開合剪刀的護士有點不安，但還是讓她為我治療。

「那個，我想應該沒必要把藥塗得滿頭都是滲進傷口吧？很痛，真的很痛。」

「你說什麼啊，連長痱子都會擦鹽不是嗎？」

「別再提這種因果關係的話題……喂，拜託妳別貼好紗布才剪行不行！」

「你是男生吧？稍微忍耐一下。」

「妳為什麼要反向利用男尊女卑來說這句話！」

「討厭啦──你未免用太多驚嘆號了吧。你不是這種咖吧？」

「妳真的有護士執照嗎？」

「怪醫黑傑克也不是自願沒有執照的呀──！」

「手不要亂抖！」

果然，用過去式形容危險已過還太早。

剪完繃帶後，醫務室終於回歸寧靜。

我因內心的安定被當做治療的代價奪走而意志消沉。

護士小姐不顧我內心的沮喪，把剪刀套在手指上愉悅地旋轉。

「我的個性啊──重視結果高於過程啦！」

用蠻橫兩個字形容不就好了。就算說出來也沒用，所以我在心中咒罵。

不過，佇立在同房間裡的醫生們為什麼冷靜地欣賞著我們兩人的行為呢？

之後，我空空的腦袋被施行精密的檢查，診斷出除了思想、思維以及思考之外，裡面的東西都沒有異狀。只是頭皮上多了一些從鄰近天空人為墜落的隕石造成的裂痕，而墜落的地點和舊傷很靠近。不知道我的舊傷是否願意接受新傷的由來和存在，好好和新傷相處呢？如果是互不關心的鄰居那就沒事，但要是一直吵架那就討厭了，我的腦中出現這種瘋狂的想法，不過我把原因歸咎於受傷所導致。

度會先生以傷害罪的罪名被帶去參加吃豬排便當的餐會，是隔天晚上九點半過後的事。有訪客來找被麻由睡臉這一項藝術品刺激著內心感性的我。

來找我的人是除了工作手法以外動作都很快速的護士小姐。她身穿便服，大概剛下班吧！

「可以和你談一談嗎？」

難得她用正確的文法邀請我，所以我恭謹地答應。

護士小姐把我帶到染上灰暗顏色的會客室。

她打開電燈、暖器並讓我在沙發上坐下之後便走出會客室。

五分鐘過後，她不知道從哪拿來兩杯冒著熱氣的杯子回來，將其中一個遞給我。我點頭道謝接下杯子，杯裡裝的是熱水，熱到幾乎會燙傷手掌。

「喔，看樣子你抽中了。」

護士小姐拿起另一個綠色的杯子用銀色湯匙攪拌，傲氣十足地在我對面的沙發坐下，腳的指定席則是沙發前的桌子。

「不是一樣的東西嗎？」

「我的是玉米湯。」

你這女人是在攪拌個什麼勁啊。

「嗯？幹嘛露出那種嘴饞的表情？你不是討厭吃玉米嗎？」

緊盯不放的視線、令人厭惡的歪斜嘴角以及嘶啞撒嬌聲音十分絕妙地協調，對我的不滿情緒造成明顯的阻礙。

空氣瞬間在喉頭附近凝結。她竟然記得這種事。

被她這麼一說，我也只好默默接受。

護士小姐一副對勝利美味得意洋洋的樣子，從容啜飲著黃色的湯汁。

「我聽說昨天的事了，你到底有多虛弱啊？對方是個老人耶？老爺爺耶？吃過中餐還一直吵著要飯吃的人耶？怎麼會是你這個高中生因傷退場啊？」

她左右搖晃靠在桌上的拖鞋，把腳的趾尖對著我批評。

「因為地球上的人捨不得把元氣分給我。」

「臭學生也想從社會人士身上吸取精氣？」

我被她用不爽快的說法指責為社會的不良齒輪。

護士小姐接著用「算了，總之……」為後續的發言做開端：

「你也來我家道場學空手道出拳和踢腳的方法吧，學費最多可以遲繳兩個月。」

「我的流派是通信空手道。」

「順便告訴你，就算得分是『可』，也比『優』、『良』差，沒什麼值得稱讚的。」

「又不是修大學學分。」

這個人到底想說什麼，是想推動成立「擔憂軟弱年輕人聯盟」嗎？

「有件事我想確認一下，妳找我講話有什麼主題嗎？」

「當然有啊！」

她大概也發現自己敷衍的說法造成我的不安。

「昨天沒機會問你，度會先生是失蹤事件還是傷害事件的犯人？」

護士小姐把身體湊近，充滿興趣地問我這個問題。

「至少他對我造成傷害。」

「嗯，原來如此。」她隨隨便便地相信了我的話。「那麼失蹤事件呢？」

「妳不覺得問我這種問題基本上就是件很奇怪的事嗎？」

「因為我聽說你一直用死纏爛打的態度欺負度會先生喔！而且好像說什麼女孩怎樣怎樣的，所以度會先生應該有什麼不為人知的事吧？」

護士小姐有點得意地展現她的情報，不知道是從高中生還是中年人那裡問到的。

「我的確是有做出虐待老人的行為，不過那是另外一件事。」

騙妳的。我將嘴浸泡在熱水裡讓這句話變成水中的泡沫，所以並沒有傳到護士小姐耳裡。

「真的嗎——」護士小姐態度有點冷淡地嘟起嘴。

「真可惜。還是妳有其他消息？」

「嗯——是沒有啦，只是有期待落空的感覺。」

護士小姐抽回身子回到活用椅背的姿勢。

就這樣等她結束對話嗎？

可是不能不讓這個人理解。為了不留麻煩，還是注意一點比較好。

也為了麻由。

「不過有件事我可以告訴妳。」

護士小姐又「嗯嗯」地把身體的重心向前傾。接著我如同宣言對那個人說了一句話：

「麻由不是任何事件的犯人。」

護士小姐因為我表明的事實自然地眨了眨眼。

「我又沒有在懷疑你的女朋友——」護士小姐裝做什麼都不知道地這樣說。

「想說謊，說話最好凸顯趣味度或真實度比較好喔。對了，我也有件事想問妳。」

護士小姐「嗯？」地用平常的姿勢迎接我的質疑。

「妳之所以鎖定麻由，除了嫉妒她的美貌之外，可以用其他理由讓我接受妳的行為嗎？」

我提出的問題看來無法引導出我眼中的模範解答。

護士小姐考慮了一下這個難解的問題，接著蠕動嘴唇：

「你冤枉我了吧？我可沒有拿你女友的頭來練習搗新春麻糬耶。」

「我說的不是那件事啦，是妳在麻由的食物裡下毒的理由。」

「嗯？」

護士小姐用頭的傾斜角度和眼睛的張合表示自己的疑問：

「你在說什麼啊？」

「還有一件和那個有關的事，妳是不是目擊了屍體版的名和三秋？」

「耶嘿？」護士小姐發出讓我幾乎想捏碎她喉嚨的疑問聲。

「度會先生的身體狀況突然變差的原因，是因為吃了麻由剩下的食物。一開始我懷疑是廚師下的毒，可是只有發送者才能把有毒的餐點送給特定的人，所以我才知道是妳。」

所以麻由才會討厭這個人吧！她是個本能超越了智慧的孩子。

「因為妳看到名和三秋的時候也在同樣的地點目擊到麻由，貿然斷定她是犯人，才會做出那種行為吧？」

「我完全聽不懂你在說什麼耶。」

護士小姐聳聳肩回答，雖然不是肩膀，不過我也瞇細眼睛。

「我和某個當警察的大姊姊關係很好喔。」

應該說是孽緣。我和她之間的關係難懂到想要請一個翻譯來解釋。

護士小姐擺出一副我平常好像添了她很多麻煩似的死板表情，吞了一口口水。

「比起由警方報告偵訊內容，直接請本人親口說出來，對我而言也省事。」因為這樣就不用因公和傑羅尼莫小姐見面。「所以如果妳現在告訴我，我就不會和警察有電波上的連繫。」

騙妳的。就算妳沉默不語，我也不想當告密者。

不知道是真的在思考還是單純裝睡試探，護士小姐用手掌遮住臉部，並把身體的排檔打到P檔停下動作。

我就像忘記時間的流逝般，搖晃仍保有熱度的熱水水面，等待雙方的變化。

……僥倖的是，還好變化的徵兆比無聊侵襲全身來得早出現。

護士小姐發出深深的嘆息，從雙手的縫隙裡探出臉。

從臉部表皮取下雙手後，我們的視線呈現水平狀態。

「啊哈，還是被抓包了。」

她讓之前否認不知情的那句話消失，不膽怯也不掙扎；不打馬虎也不矯飾地向國家權力屈服，眼神流露天真的笑意。

……果然是她。

「噹啷——妳就是真正的犯人吧！」

「就不能再說得和善一點嗎？」

看來不是。不過她要是承認，又會發展成另外一個問題。

「妳看到屍體了吧？」

她「嗯」地肯定。

「另外還看到一個活跳跳的女孩吧？」

「沒錯沒錯。我到深夜都為了工作而在醫院內徘徊，結果看到有個女孩偷偷摸摸地往舊病棟的二樓走去呢。」

「……原來如此，那個女孩就是麻由吧！」

「沒錯，就是你的笨女友。」

「抱歉喔，如果我沒在麻由身邊，她可是個聰明的才女呢。」

「也就是說是因為男友笨過頭囉？」

「這樣講我還可以接受。」

「你真是個奇怪的男孩。回歸正題，我被事件的香味吸引而放棄職務，看準你的女友回去之後才去偷看，結果發現名和三秋竟然變成冷藏庫的生鮮，嚇了我一大跳呢。」

她攤開雙手表現爆發的樣子。現在全都是破綻，不知道為何我想像起發動攻擊的瞬間。

「所以妳誤以為用大特價買下名和三秋的命，還把肉塞進冷藏庫的犯人是麻由吧？真是給人添麻煩。然後妳還搞出下了毒的料理。」

「嗯嗯，嗯嗯嗯。」

護士小姐忙碌地學一樹打馬虎眼。

「嗯嗯嗯，來聊下一個話題吧？要不要我告訴你用筷子切斷名片的方法？」

她不知道為什麼開始搓手，誇張地搖動身體以紓緩僵硬的肩膀。也許是因為對誤解麻由感到抱歉，為了不讓我借題發揮所採取的防衛手段。

「該怎麼辦呢——」我故意讓她感到焦急，喝了口熱水等待對方出招。

「暖暖身體快睡吧，後會有期。」護士小姐逃離現場。「等等。」

我出聲強留真的打算回家的護士小姐（因為如果伸手搭她的肩肯定會被她施以關節技），我喝了一口熱水讓心情冷靜下來。別說舌頭了，這杯水燙到好像連食道都會被燙傷。

「怎麼辦呢，如果傳出大姊姊我會對病患下手，一定會被我老公罵吧！」

「妳已經結婚了？」

這倒挺令我驚訝的。有了家庭還這麼不穩重的人原來還是存在的。

「嗯，還曾有秀色可餐的四歲兒子。」

……那個，這雖然是稱讚，不過不能這樣說吧，實在太誇張了。

而且竟然用過去式。

「嗯？為什麼是過去式？」

「請不要替幻聽的耳朵成立讀者信箱。」

不過我的確聽到了。

「因為我離婚了，大概是半年前的事。兒子選擇跟爸爸，所以我現在是徹底單身。」

「……啊？這樣的話妳老公應該不會生氣吧？」

「他不是氣自己的老婆，而是氣我這個人。他有潔癖，雖然結婚前還覺得那是個優點，和他甜蜜得很就是了。」

「那結婚後呢？」

「嗯——你剛才問我什麼？」

這跳過話題的方式也未免太乾脆了。不過要是用死纏爛打的態度對這個人，她可能會用拳頭把我甩開，所以我夾起尾巴見機妥協。

「妳剛剛在我說妳就是犯人的地方插播廣告，現在節目開始了。」

「啊，對喔。嗯——我剛剛不是承認了嗎？」

「是承認了。那麼，妳為什麼要那樣做？」

我這個類似學生參觀社會時提出的問題，讓護士小姐搔著臉打開嘴唇：

「因為我是誕生自正義感的正義花子——想說在把她交給警察之前先懲罰一下。名和，應該說是三秋，她和我感情很好，所以我有義務報仇。要是她被逮捕，我就不能親手懲罰她了。」

「……是這樣喔？」

換句話說，那個叫做名和的美女國中生（只限生前）也是個怪人的可能性很高。

「也為了支付贍養費」她補上這個讓我感到困惑的理由，收起好強的手指擺出萬歲的姿勢當做投降證明。「可是——她根本不吃耶，玉米沙拉、醃漬物、味噌湯、鮭魚，全都不吃耶。」

這句話也讓我覺得她選的料理和現代小孩的嗜好一點都不搭配。

「拜她所賜，害我一直把聯絡警察的時間一延再延，有一種——我受夠了的感覺。」

護士小姐用懷疑我有超能力的態度追問為什麼會知道那些東西有毒？

關於這個問題，我稍微裝腔作勢地回答：

「因為身體記得吧，無論是我或麻由。」

因為以前被餵過不少。

就算知道有下毒，卻只有那些東西可以吃。

護士小姐似乎沒看過我過去的檔案，不斷眨眼，好像第一次看到什麼怪異的東西似的。

但她什麼也沒問，只用「是喔」帶過，不知道是基於人情味還是根本沒興趣。

「不過還挺意外的。」

「妳指的是？」

「因為你珍惜女友的程度，就算說出更激動、極端的話，甚至當場殺了我，我也不會感到不可思議，但是你卻意外地冷靜。」

暴風雨前的寧靜？她這樣揶揄地牽制我。

的確，如果妳不是有恩於我，我早就報復了。

「很可惜，我還真沒辦法仇視、對妳發怒。」

「是因為我的美貌害的吧！」

「沒人在說這種寫在備忘錄的事……妳送來的藥在不允許人吃剩的妖怪暗地活躍的結果，得以讓度會先生吃下毒物而把他成功逼到絕境，而且在我沒被殺的狀況下把事情解決。如果他的身心沒有那樣耗弱，我昨天可能會被打碎頭蓋骨而死吧？」

換句話說，以結果看來，她變成幫助解決事件的功勞者。

而我的惡運果然還是發揮了效力，看來這次的事情也不可能不停滯地順利前進。

護士小姐因為自己充滿惡意的功勞被稱讚而囂張起來，用手支著下巴。

「乾脆來開拓新領域，當個毒藥美人婦女偵探好了。」

「可以啊，簡稱毒婦。」

「給我放尊敬點——！」

她跳跨過桌子在我身旁著地，抓著我的脖子「啊嗚啊嗚啊嗚」地猛搖。

美人婦女這種字眼，要是用片假名寫看起來就像某種藥品的名字。

我被強制猛進行脖子運動，用繃帶表演雪景的頭模糊了起來。

護士小姐結束不講理的制裁後，就這樣在我旁邊坐下。她這樣做讓我有壓迫感，我真的希望她可以回去對面。

「不過要你尊敬我好像還真有點難耶，抱歉喔。」

護士小姐慢了好幾拍地向我道歉。

「下毒下錯人這一點應該要反省。深刻反省。」

這位毒婦兩度擺出駝背的姿勢上下擺動頭部。

「那麼這件事就這樣和解……對了，度會老爺爺是殺人犯嗎？」

她擅自以自我反省寫下「第一部．完」，接著態度親暱地把手搭在我的肩上。

「妳想知道？」

「那當然，身為背地裡的護理長，我當然要掌握發生在我地盤裡的事件。」

我只覺得妳是個有偵探情結，愛看熱鬧的傢伙。

「而且我想知道三秋人生結束的過程，等她的墓蓋好，能當成去拜訪時的話題不是嗎？」

……算了，也好。

「我希望……度會先生是犯人。」

護士小姐因為我迂迴的說法而感到納悶，不過她立刻擺正自己的頭。

「為什麼這樣認為？」

「直覺，不行嗎？」

「光靠直覺的偵探，感覺有點靠不住耶。」

我什麼時候被賦予那樣的角色了啊？妳還在玩偵探遊戲嗎？

「只要調查屍體的指紋，就能輕易地把度會先生列為嫌疑犯吧！」

稍微抱怨一下之後，我以「雖然沒有決定性的證據」起頭：

「一開始讓我起疑的是腳。」

「香港腳？」

「拜託妳的腦袋行行好。幾天前我聽麻由提到這件事之後，兩人一起去舊病棟參觀屍體，那時候另外還有某個人也來對屍體進行家庭訪問。」

「就是度會先生？」

「正是。參觀完畢後我們去了便利商店。在商店遇到的人都穿涼鞋、拖鞋直接外出，十分不禮貌，可是只有度會先生穿的是和普通廁所拖鞋不同，挺漂亮的鞋子，所以才覺得奇怪。」

我懷疑是不是因為舊病棟的地板會傷腳所以才穿那種鞋。就像我們一樣。

「還有，也因為我知道了度會先生的毛病。」

「頻尿症？」

「請不要只在這種時候出現如此實際的想法。是跟蹤偷窺狂啦！」

「真的假的？難怪最近我老覺得背後有一道視線。」

「妳過著這種被人追債的生活還真令人感到可憐呢。那個人好幾次去偷看孫女……啊，我指的是長瀨一樹——的狀況。尤其是晚上，他似乎每天晚上都會去偷看她的睡容。」

老是以去便利商店、去看老婆這種幼稚的藉口掩護前往西棟。

「真噁。」

護士小姐發表尖酸的意見：

「不管是祖父也好，家人也好，他最好被以偷窺防制法逮捕。」

她用過度厭惡的語調，一口否絕了不過是想看自己孫女一眼的爺爺。

「妳是不是被人跟蹤偷窺過啊？」

「沒有。可是我討厭纏人的傢伙。」

「啊啊，所以才會和有潔癖症的老公分手嗎？」

「那個男人黏的是潔癖症不是我。別聊他啦。」

她推了一下我的側腹，雖然多少有點痛，不過觸碰到他人的傷口只得到這樣的報應，應該算是便宜的了。

「所以我才會懷疑犯人是度會先生。」

「不要省略中間過程。」

「他晚上會去一樹的病房，代表他有和名和三秋接觸的可能性和時間。」

聽我這麼解釋，護士小姐用手指撚轉頭髮，曖昧地呢喃：

「就算是那樣……不覺得有個地方說不通嗎？」

「哪裡？」

「為什麼度會先生要去屍體家裡玩？」

啊——那件事啊！

對我來說也是煩惱的種子。

「雖然請本人告知答案是最確實的方法……不過現在想想，應該是去謝罪吧？」

「謝罪？向誰？」

「應該是去請求名和三秋原諒吧？他埋葬屍體後身體立刻因為不明的原因變差，不平靜的心把這件事當做詛咒看待，應該也不算膽小鬼吧！」

於是度會先生去祭拜已經開始腐爛的屍體，結果開始被我懷疑。

如果那天長瀨沒有借我筆記本，我們應該就不會去便利商店。

孫女的行動是間接逼瘋度會先生精神的要因，這種情況就叫諷刺。

「後來你就故意惹惱他；把他逼上絕路；推他一把，昨天度會先生終於下定決心採取行動，而那就變成最好的證據。」

不過沒料到他的反撲會如此氣宇軒昂，其實該說我根本沒考慮過結果。

護士小姐「是喔——」發出感嘆的嘆息，氣還沒嘆完似乎就發現疑點。她那雙眼神亂飄的眼睛轉向了我。

「嗯？也就是說，你在還不知道度會先生是犯人之前，就讓他品嚐我的毒料理？」

「說穿了就是那樣。」

「一般人不會這樣吧？看你一副事不關己的樣子，真是殘忍的小孩——」

「沒理由阻止他不是嗎？不吃是浪費食物；而我又沒有能夠推翻『不可以吃剩』這種正確主張的論述，也不能直接說食物有毒這種話把事情搞大吧？」

因為我也想避免引起警察注意，害麻由被調查。

況且這是坂下醫師親人經營的醫院，不能讓醫院傳出不好的評價。身為重視義理人情的本地人，我實在做不出以怨報德的行為。

其實我原本是希望那個高中生擔任負責吃毒藥料理的角色，但是因為命運的惡作劇，他的病床被安排在我的對角線上，而且我還有另外的個人理由，那就是我不希望讓他幫我實現麻由拜託我做的事。

「啊，還有，我剛剛也說過我認識警察。」

「嗯？」

「要是下次妳又露出想為害麻由的意志，我會毫不客氣地報案喔。」

護士小姐「好啦——好啦——」乾脆地接受我簡單的警告。

「那麼度會先生的動機是？對婦女的暴行？」

「這個原因也很難排除。」

因為我手邊沒有可以否定這個理由的材料。

護士小姐問我「你怎麼想？」拿起我擺在桌上的熱水讓水流進喉嚨。間接接吻這一招也只對長瀨有效，雖然後來被她揍了。

「要說明我的想法，會牽扯到其他重要事項。」

「你還真會讓人著急，繼續說。」

「就是名和三秋的丁字杖被留在病房。」

「啊——警察也把這件事當做疑點呢。不管是失蹤也好、誘拐也好、殺人事件也好，就是想不通為什麼拐杖會留在房間呢！」

「從通曉事理的人看來，我覺得原因其實挺單純的。雖然沒有確實的證據，不過我想那是一樹帶回來的喔。」

護士小姐的驚訝由眼皮一手承擔，即使辦不到連續十六次（註：高橋名人的十六連發），也達到在五秒內逼近十六次的速度。突然提到弟子的名字，驚訝程度對她來說近於意外事故吧！

「這件事和一樹也有關係？」

「她是真正的犯人。」

即使沒有微弱的證據也能如此斷言，是我最擅長的事。

護士小姐毫不掩飾內心的驚慌，開口反駁：

「難不成度會先生和一樹有超越祖孫的關係？」

「製造屍體的是一樹，出貨的是度會先生。」

不過一樹應該還沒查覺度會先生的存在。

我繼續對出現困惑、沉默這種異常狀態的護士小姐說明：

「請試著舉出名和三秋的三項死因吧，仔細看屍體狀況是很重要的喔。」

「我沒有很仔細看，太陽穴的傷吧？」

自然解除沉默的護士小姐直爽地無視我的詢問。

「我也這麼認為。我在想，那應該是從樓梯上摔下來造成的吧！」

「……樓梯？喔──寫成文字的話就是醫院的階梯吧，感覺可以拍成電影耶。」

第一次登場的地點和凶器，讓護士小姐的瞳孔驚訝地收縮。

「妳應該早就認識一樹了吧。」

「從腳底的指紋到頭皮的光澤都一清二楚。」這種行為就被社會稱為跟蹤偷窺狂。

「妳知道一樹晚上沒辦法一個人上廁所，還有一樹的怪癖嗎？」

「怪癖……啊──是那個吧，動不動就往別人身上撲，還有廁所……嗯──也就是說名和三秋和一樹一起去廁所，在途中經過的樓梯前，一樹像往常一樣用身體撞人，結果名和三秋因為撞擊而摔下樓梯──是這樣嗎？」

「在沒有登場人物的許可下，我覺得事情應該就是我想像的那麼回事。」

「哦──」護士小姐一付不太能接受的樣子。

我又稍微補充說明：

「我去參觀屍體的時候調查過，名和三秋的背部有幾條橫向狹長的腫脹。一開始我還以為是犯人因個人獵奇癖好想做一具人體鋼琴，但是後來我想起來那個怕寂寞、忘性大的殺人鬼在現場懇切地希望屍體不要怪他。老實說那麼做的風險實在太高，不被稱讚的興趣還是在避人耳目的地方自己享受比較好。」

我接著說了句「可是。」

「舊病棟的地板上有很多木刺，而且散落著玻璃碎片。如果她是在那裡遭到毆打，那身體正面應該至少會有幾個小擦傷，但實際上卻什麼也沒有。」

「所以她是背向下摔下樓梯的？」

「嗯，不過這只是我的猜測。」

「喔——」護士小姐發出和剛剛相比，只有些微差異的嘆息。

「如果名和三秋沒有使用丁字杖就外出，那就另當別論了。可是她似乎是尚未迎接反抗期的國中生，所以應該會遵守醫生的吩咐吧！」

而且就我這幾天對同寢室的阿婆進行查訪，獲得名和三秋是丁字杖狂熱者的證詞，而且手上也有繭可以證明她曾長期使用拐杖。

「麻由目擊度會先生搬運名和三秋的時間點，他的手上並沒有丁字杖。如果丁字杖留在案發現場，他絕對會處理掉，可是丁字杖第二天竟然出現在病房裡。在不知道護士什麼時候會來巡視的緊迫狀況下，怎麼想都不認為度會先生會撇下屍體只把柺杖放回病房。所以我猜想是不是有其他人在現場，而拐杖是那個人回收的。」

「你說的那個人是一樹？」

「恐怕是。就在度會先生前往進行類似男人半夜跑去找女人私通的例行公事途中，偶然變成了目擊名和三秋和長瀨一樹事件的人吧？然後他認為自己應該代替從名和三秋身旁逃走的一樹，把屍體藏起來。」

後來被麻由目擊他前往舊病棟，而麻由又被護士小姐跟蹤。

也就是說，目擊者是以護士小姐↓麻由↓度會先生這種流程存在。所以才會出了差錯，把事件搞得很棘手。

「為什麼一樹只帶回丁字杖呢？」

「一樹大概在情急之下想著——如果把枴杖放回病房，名和三秋的死因會不會被解釋成她不拿拐杖用單腳跳著去廁所，結果沒站穩摔下樓梯。」

沒想到竟出現一個料想不到的幫助者讓事情產生不同的結果，多少影響了這起事件。

「一樹一定也很怕吧，因為沒想到過了一晚屍體竟然不見了。」

「啊——我懂我懂。前陣子我錢包裡的東西也一晚消失，只剩下度數用完的電話卡。」

護士小姐還說「很怪吧！」猛點頭地把醉漢的戲言搬上檯面。

真是個幸福度數永遠用不完的人啊。

「你的推理結束了？」

我輕聳肩膀。

「還有一件就算胡亂猜測也很難判斷的事。」

「什麼事？」

「剛剛我們說過，名和三秋的太陽穴有個很大的毆打傷痕吧！」

護士小姐讓她的眼睛和記憶飄移了幾秒之後，「喔喔」地表示她想起來了。

「我一直在想那個傷是怎麼來的。因為只有那個地方的傷和背部數條腫脹是分開的。不知道是從樓梯上摔下來的時候撞到而死呢？還是摔下樓梯後雖然還有呼吸，但是害怕孫女遭到譴責的度會先生給了她致命的一擊？若是前者，那麼犯人就是一樹，如果是後者，那麼度會先生就變成犯人了。」

或是一樹其實知道度會先生是她的祖父，而想要包庇犯下殺人案件的親人，這也有納入考慮的價值。不過不管過程為何，名和三秋變成屍體的事實是不會改變的。

「不管事實到底是什麼，從度會先生的反應看來，我的推測大致上應該沒錯，所以我才鬆了一口氣。」

因為我無法進行科學搜查或舉出明確的證據，所以這是一種賭注。

不過我做出的判斷還算正確。

「不過度會先生做出那種讓人誤導的動作，也算達成他的目的了不是嗎？就算他說他殺了名和三秋，也不太有人會懷疑吧？」

他和我這個膽小鬼不一樣，成功地為重要的人背起罪名。

我感慨著自己也幫了他一把。

也許我就是為了……「喂──」

護士小姐的手在我面前搖晃，似乎對我說了什麼。

我稍微加速心臟的跳動，用「請說」催促她。

「從你的說話方式聽來啊──好像帶有一種管它怎樣都好的味道耶？是不是倫理的高牆設定得很低啊？還是想裝聖人，毫不帶有差別意識地對待我這個犯罪者？」

她說出對自己諷刺加上自虐的話語，深入探究我的內心。

「殺人的確是犯罪，是絕對可以被制裁的，但是只要沒人認為那是犯罪的話就沒問題了。這就是我看待犯罪的方法。」

犯罪者並非以感情的裁量，而是以人類的善惡標準被歸為不可原諒的人。

如果這麼說，那麼麻由呢？

「我認同了犯下殺人罪的人。所以對其他殺人犯我也會睜一隻眼閉一隻眼，也不會為了個人的制裁而吹毛求疵。所以只要對我；尤其是對麻由沒有想要繼續危害的意思，那妳的真面目對我來說根本不重要。況且妳是個正義的毒殺者。」

只有這次我加了一點謊話。

其實我在中途就知道這件事不會對麻由造成威脅，但我還是一頭栽了進去。我不禁問自己這究竟是為什麼。

我的動機是……

為什麼一頭栽到最後呢？

那是因為知道了度會先生的行動理念。

因為他和我做的是同樣的事情。

讓我想為他加點油。

真的只是這樣？

真的只是這樣。

這是個非常溫柔也非常不溫柔的殘酷理由。

埋頭思考的護士小姐說出對我的感想。

是句毫無感慨、平得像魚板一樣的語句。

「你好白喔。」

「……白？」

「還是該說透明呢？總之就是沒特色。」

「我是存在感那麼薄弱的少年嗎？倒是常有人說我黑心耶。」

「嗯，具透明感的黑色。」

有種「說得真好」的感覺。

「我說啊…………………………………………」

嚴肅的氣氛讓護士小姐的時間停止流逝。

「……妳想說什麼啊？」

「我雖然一直摸索帥氣的文句，可是為什麼都沒有因此加我的薪呢……」

這到底是什麼生活觀啊？

難得和這個人營造出人生唯一一度哲學與真實的場面，卻被她從內部徹底粉碎。

「我覺得妳這個角色好像和醫師重覆了。」

「亂講什麼！我又不是醫師！」

「就連稱呼都重疊了，還真沒好處。」

「哎呀——」

她把手放在桌緣，一付打算翻桌的樣子。

這時她突然清醒過來——

「你的醫師是誰？是會大方地把珍藏的A片借給你看的朋友？」

「不，是坂下戀日。」

「喔——坂下……大小姐？院長的女兒？」

「嗯，現在已經退化成了徹底的米蟲。」

「……等一下，讓我換個角色。」

「啥……」我好像惹上了一件麻煩事。

不過我能確定那句話讓她滿受傷的。

「好了——」她股起幹勁露出可疑的微笑。

「你繃帶鬆了，我幫你重綁吧。」

她半強迫地一把抱過我的頭，舔了我的臉頰。

「…………………………」

第二次被這麼做，也只能扮演默劇演員緊繃臉頰。

「如果可以解釋，可以說明一下這代表什麼意思嗎？」

「我試著詮釋一個舔人臉的角色。」

「直接變成妖怪公寓裡的房客還比較快。」

我一這麼說，她的舌頭又爬上了我的臉。

第三次的感想是，她的舌頭還真熱。

就這樣，這種考試後核對答案計算分數的行為，在沒算出分數的情況下自然結束。

不過對我和她來說事情已經解決了。

那就是我的模範解答。

和踏上歸途的護士小姐分手後，我回到麻由身邊。

正在睡覺的麻由發出十分小聲卻很健康的呼吸聲。

我不知道為什麼又回到她的身邊。

我站在床邊稍微打開窗簾。

偏深灰色的黑色天空為窗子染上一層色彩。

寒意從窗框滲透進來，描繪著我的下巴和額頭。吐出的白煙將漆黑的窗戶漂白，我將指尖靠在窗上，留下了一個漂亮清楚的指紋。

把窗簾整個拉開。

於是月亮在左側方露出身影。

月光用光波刺激我的淚腺，讓我差點因生理而不是感傷流下眼淚。

我曾經被迫過著頭上沒有月光的日子。

可是抬頭還是處處可以看到天空。

木造的天空、水泥製的天空、石頭製的天空。

這些天空毫不動搖，超然地覆蓋著我們。

那個在雙腳沒站在地上的狀態看到的天空，感覺很容易就能觸碰到。

我將手掌貼在窗上，月亮就消失了。

天空的黑暗也被切掉了一塊楓葉型的形狀。

我的手的確伸到了天上。

我用手把一步步正確地邁向明日的東西給蓋住了。

第六章，結果「為了讓我不是我」

這世界上，我最討厭小麻了。

麻由比我還期待的出院日，是在事件結束後的第五天。

裝滿換洗衣物的紙袋下層藏著剩餘的醫師借我的漫畫，這是為了不想再增加負債的處置。

我把種類雖少卻有些重量的個人物品打包，抓起已變成手的延伸的丁字杖。還要兩、三個禮拜才能拆繃帶，不過我決定配合小麻的時間一起出院。因為比當初預計得晚，小麻還因此發火。

這間病房讓我感到熟稔的程度，只像夏季的雨量一樣少。放眼望去只有兩個人，隔壁病床維持著毫無感情的清潔感。度會先生的個人物品已由他太太收拾，病床隨時可以迎接下一名患者，不過花瓶裡不是薺菜而是乾枯的白花，十分不感傷。

當事人度會先生頂罪被警察逮捕，一樹則以柔和的笑容繼續過生活，度會先生的願望以絕頂的形式邁向尾聲。讓我不禁想學時代劇的台詞來結尾。

我用丁字杖向前跨出一步，高中生用毫無謙遜之心，皮笑肉不笑的笑容獻上一句「掰」作為送別，而我也只謹慎不傷到對方地回答「不用再見面真好。」結果到最後，我還是不知道這個高中生是年紀比我小、大還是一樣，不過這是個不重要的未解決事項，這是最好的結局。

而中年人今天也忠於自我的基本和慾望，外出找尋姑且不論顏色但臉蛋漂亮的患者和性格次要、容貌優秀的護士小姐拍照。離開前我還以為他會給我什麼餞別，結果卻只用連蚊子都會啞口無言的細微聲音，將「你……有女友……所以出院」分成上、中、下三部，而中篇還被省略。我也只能百感交集地鼓勵他說「請多加油。」

就這樣，我的精神在體驗到絕不會惋惜的離別經驗後，完成了有如積木般不安定的成長。雖然我的內心虛弱到連震度二級的地震或電風扇的中度風力都可以變成致命傷。不過我擁有就算被吹垮倒地，零組件也很難因此破損的擬似美德。

我走出走廊，雖然接下來想以習慣的方式移動並帥氣地走下樓梯，但是卻被打掃中的標語所阻攔，只好心不甘情不願地走向其他場所。除了理由之外不是騙你的。

在我辭掉沒病沒痛的患者這項工作之前，我想利用一下會客室。

這次是由我來邀請對方。

「得快點把事情解決，然後去接麻由。」

因為她的事件已經結束了。

剩下的工作就是，我必須去接觸另一個必須結束的事件。

前幾天我利用醫院的公共電話，用心裡暗記的電話號碼叫長瀨透出來。今天是學生和社會人士憂鬱的星期一，長瀨穿著沒有違反服裝規定的制服現身。

「我沒想到竟然會在平常上課的日子被叫出來。」

「啊，是喔。因為我是每天都是建國紀念日的身分，所以完全忘了這回事。」

「你那是什麼臉跟頭啊。」

「我本來想回歸大自然，結果被東非狒狒趕回來。」

「我說啊……你還是跟以前一樣，是個說蠢話的怪傢伙。」

我被妳的祖父以「我才不會把女兒嫁給你！」拒絕，不過我回罵「我才不要你的女兒啦，癡呆老頭，我要的是妳的孫女！」兩人大吵了一架。騙你的。

長瀨雖然並不是打從心底討厭我，但外在卻用板起臉孔這樣複雜的表情押著裙子在我旁邊坐下……哎呀，幹嘛跟我做鄰居啦。對面的沙發上沒有客人耶？

長瀨壓根不知道我視線的含意，呢喃著「嘿咻」把書包放在腳邊，整個人懶洋洋的。

「這下子你害我得不到全勤獎了。」

「那還真是不好意思。」

「不會，這是好事啦。」

長瀨脫下死板的表情，換上燦爛的笑容。

「我們是吵架分手的，沒想到連電話號碼你都還記得，而且還打給我。」

「因為我有事找妳。」

沒事的話我是不會再打的。

「那你找我什麼事？」

「之前忘了告訴妳的事。」

明明很重要，我卻忘了。

很明顯地看得出長瀨「嗯？嗯？」地期待聽到什麼樂觀的內容。

不過我是不會讓她如願的。

我深呼吸後，對她發出警告。

「我不允許妳再做出加害麻由的舉動，我想說的只有這個。」

她毫無心理準備，真難堪。

長瀨陷入恍神狀態，伸直的腳和掛在椅背上方的手肘看起來很滑稽。

經過無言的數秒後，長瀨再度開始眨眼以及其他的各種活動。

「嗯——你指的是？」

「長瀨透。是妳用花瓶打麻由的頭吧？」

長瀨因我宛如醫師教訓學生的口氣而哭喪著嘆息。

大概是因為我的話並非建設而是解體作業而感到洩氣吧！

「你這樣講我也只能告訴你無解。小麻的傷？我只有納悶的感覺。」

「麻由被人從正面毆打也沒昏厥，卻說不知道犯人是誰。妳知道那是什麼意思嗎？」

「是代表透看了太多推理小說的意思嗎？」

「是代表麻由並不正常，尤其是對叫她小麻的人。」

我，或者是長瀨。

長瀨的左眉做出了細微的反應，不擅長隱瞞事情是她美麗的優點。

長瀨坐正輕拍膝上的裙子。我出現她說請繼續的幻覺，沒等她回應就公開我創作的童話。

「很久以前，御園麻由從監禁中被解放，再度開始去小學上課時，有幾個以前的朋友找她說話，那時發生了一件不可思議的事。每當她或他叫『小麻』的時候，御園麻由就會用奇怪的話語確認不是嗎？沒錯，她把叫她『小麻』的人都當作『阿道』。但是真正的『阿道』根本不記得『小麻』的事。只是表面假裝擔心的朋友因為她詭異的行為而畏縮，就像撕掉被太陽曬傷的脫皮一樣輕易地放棄表面的偽裝，放棄當麻由的朋友。」

我念完了序章。因為還沒有準備念下一張的時間，所以暫時停頓。

長瀨看來情緒快要爆發，所以我等待她的發言。

「你現在批評過去的事有什麼用？如果不那樣叫她，她就會用和我說話會造成我的麻煩所以別和我說話的態度對待朋友，你覺得有人可以繼續和她交朋友嗎？」

「我並不是在指責她的朋友。麻由把所有的朋友從記憶裡趕出去，連以過去式存在的回憶都沒有，那是有原因的。不過現在的問題不在那裡。」

「也就是說因為只要叫她小麻，她的記憶就會混亂，所以她的傷是用那種叫法的我幹的？」

「嗯，沒錯。」我敷衍著頭腦清晰的長瀨的憤怒，給予肯定的答案。

「並不是事前規劃好，而是在探病的對話當中突然用花瓶代替心頭萌生的憤怒？我在沒有任何證據的狀況下這麼想。」

如果那是事實，那我的住院生活就徹底地被長瀨一家給搞得天翻地覆了。

為了驅散漫長的氛圍，她隨意亂抓頭髮，連頭皮也被指甲畫出了紅線。

接著用不耐煩的態度說：

「我是不否認啦。」

「喔喔，真是乾脆的犯人。」

「就算否認，『阿道』也認定是我幹的吧？」

喔？看來她在這一年間學會了怎麼表示不悅。如果是自學的，那是不是該稱讚她呢？

「然後你就妄下定論，決定不原諒我？」

「答對了。我不能再讓麻由受到傷害。」

「小麻真的那麼重要？」

侮蔑的意味潛藏在長瀨的疑問句中。

「妳在旁看了那麼久還看不出來，我們的表現是不是還不夠啊？」

「就算她想要的不是透本人？」

長瀨使出兇器攻擊。如果是以前的我，可能會變成因害怕而自暴自棄喝個爛醉的高中生。不過被妳的祖父強烈攻擊鍛造的身體和妹妹殺人事件磨練的羈絆，讓我能輕易阻斷痛覺。

「透這樣根本就只是小麻的玩偶嘛？真蠢。」

喔，真是具有故事性的迂迴說法，原來長瀨也喜歡看書。

「而長瀨想要的是叫做『透』的玩偶吧？」

「別把我和她混為一談。」這就叫惱羞成怒。我連用最快速度抱怨的時間都沒有，長瀨就一直繼續說下去：

「小麻根本沒在看透，就算不是透陪她也行不是嗎！我只是覺得用透叫你大概比較好才這樣說的，那要我叫你的名字嗎？你不喜歡被××、××、××地叫吧？這不過是個遊戲，和小麻根本不一樣。我喜歡的是透本人。」「ＤＯＵＢＴ。」

敘述轉為欺騙的瞬間我都看在眼底。不過管它是敘述事實或欺騙都無所謂。

我伸出手掌，擋在再持續熱烈辯論幾秒鐘的話似乎就會搬出熱淚盈眶橋段的長瀨面前，讓她的時間靜止下來。

我露出憂鬱又帶有快活；怪異又帶有明朗，滿臉笑意的微笑否定長瀨：

「那不然這樣說好了。」

慢了一拍之後，經歷一番激動演說的長瀨，肩膀開始上下起伏。看來我只能讓她停止發言大約文章一兩行左右的時間。

「一年前我不會否認喔。我因長瀨也喜歡我這件事感到自滿，而我也喜歡長瀨。喜歡到幾乎可以和妳去區公所蓋章登記結婚。不過現在的戀情是虛假的。」

自己的情感被否定為謊言。

少女長瀨表現出十分憤慨的樣子。

「為什麼要那樣講？」

十分寂靜的怒氣。但即使如此她還是沒有流淚。

「為什麼」嗎——只要我說了理由，長瀨就能接受，再開始男女關係的話題嗎？

姑且試試看吧！

就像排七的時候手上拿到的全是鬼牌。

雖然絕對可以把牌用光，但卻絕對沒辦法變成贏家，是個孤立又虛構的玩笑。

而我也用了和這個狀況沒什麼差別，贏不了的開場。

「要是我說，我知道小麻和阿道為什麼『被』我父親選上的原因呢？」

長瀨的表情別說突然改變，甚至誇張地粉碎到變成一點也不剩的細粉。

蒼白的肌膚和可憐的狼狽形成相乘效應。

「我的父親應該認識長瀨。」

長瀨拚命左右搖頭，而我毫不停滯地說下去：

「我都在聽妳說話，害我因為進行以思考停止為前提的惡劣作業導致忘了自己要說的話。沒錯，長瀨透，之前在病房裡妳說妳曾經是麻由的朋友時，我才終於想起來。」

我在高中遇到妳之前，就知道這個名字了。

「我的父親很棘手，只有在外會維持正常的樣子，不論眼神或舉動，面對家人以外的人會將真的自己偽裝起來。因為他在這裡是知名人士，大家也都認識他。」

父親只要亮出他的職稱，根本就無法讓人聯想到可疑人士。

「長瀨以前喜歡菅原，或是該說阿道吧？我父親用類似電波的文章這樣告訴我喔。他那時候也告訴我他幫長瀨實現了願望。」

「不對！不對！」我無視於她。

「發生誘拐事件的前幾個禮拜，長瀨遇到一個溫柔的大叔。當時，和案件無緣的鄉下地方根本沒有教導小孩什麼叫可疑人士，而且他的臉在街上的會報看過，就算多少有點害怕，妳還是做出和他談話沒有危險的判斷。」

我宛如自己就是長瀨般如此斷言。

到底有幾成是事實，如果不和標準解答比對根本不可能打分數。不過對長瀨來說，現在只有故事的大綱最重要吧？

「長瀨討厭黏著阿道的小麻。先不論對她個人的想法，但妳對她這個人的存在絕無好感，簡單來說就是嫉妒她。」

長瀨不再否定，只是低下頭。連絲毫同情想法都沒有的我只是淡淡地繼續說下去。

「妳根本把這件事當作個人恩怨，向那個大叔抱怨麻由是個多任性、討厭的孩子，因為長瀨已經和那個見了許多次面，總是用溫柔態度對待妳的大叔變得很熟了。」

那就是事件發生的契機。

謊言的開端。

「不過那個大叔當時正在選擇有欺負價值的孩子，沒想到竟然從長瀨那裡得知料想不到的情報，而且妳舉出的名字竟然是和他相當熟稔的人的女兒。他把這件事當做上天給自己的啟示；不能抗拒的引力、命運。」

這下子演員就決定了，來個華麗的演出吧！

「我父親答應妳會對他們再教育吧，長瀨透。」

結果幾天後，他真的實現了你們之間的約定。

「為什麼麻由和偶然被捲入的菅原失蹤了呢？長瀨發現後感到害怕，害怕自己會被責備，所以只好什麼都不說。」

長瀨決定孤單地隱藏罪孽。

「我很佩服妳竟然可以沉默到最後。因為長瀨是個有良心，會感到罪惡的普通女孩，竟然可以不讓任何人發現妳在忍耐，到底耗費多少神經才辦到，光是想像就想對妳表達敬意。」

以某種角度來說，她心靈消耗的程度比我還嚴重。

「事件解決後，長瀨也很幸運地沒有被譴責，因為所有人都不提，故意遺忘這件事。妳是不是因此鬆了一口氣，睡眠時間也增加了呢？」

長瀨依舊毫無反應，現在的她看起來倒是很像玩偶。

如果我有專屬的演奏者，長瀨失魂的程度讓我會想要求演奏鎮魂曲。

「沒想到六年後，第三號人物出現，也就是敝人在下——透。」

事件結束後我半被迫地使用叔叔的姓，所以長瀨沒有發現。

而她也不會想知道吧！

彼此都是。

「一年前當妳知道我的出身時，妳判斷我什麼都不知道吧？因為如果我這個當事者知道長瀨透做過的事，當時一定會拿出來談。嗯，不過關於這一點稍微有些錯誤。結果一年後，當妳知道我和小麻開始交往的事，妳又開始產生懷疑。為了深入了解內情，妳就以探望妹妹做為藉口出現在我的面前。」

而這變成致命的畫蛇添足。

雖然講到許久之前的事，不過現在終於說明完動機了。

……雖然光是這樣應該還不算構成動機。

也就是去探病，並對還是老樣子阿道、阿道地亂叫的麻由出手的動機。

還有筆記本上不知道寫給誰的「對不起」以及另一句話。

不過我完全沒有提到那一點。

因為我想讓那段感情糾紛完美、圓滿地劃下句點。

因為我和長瀨在互相喜歡的狀況下分手。

長瀨的頭就像被絲線拉動向上抬起。

失去能力的瞳孔無法看向坐在身旁的我。

長瀨的臉退化了。

退化到幼年期，退化到背負罪惡的那時候。

「你為什麼沒告訴任何人？」

被消磨殆盡的心靈殘渣提出這個空洞的問題。

我在心中思考，也許是你和我父親那強烈的羈絆仍然沉睡、遺傳在我的血液裡。

「我也有不能說的理由。」

因為我不想喚起麻由的記憶。

而且就是因為長瀨指名麻由，菅原才會也被捲入，而我現在也才能像這樣和麻由幸福地過日子。這就是所謂的命運吧？

「妳穿著制服，代表妳打算下午去學校上課吧？加油喔。」

我讓恍神的長瀨拿起書包並站起來。

「來，用自己的腳站好。我沒辦法撐住妳。」

長瀨的行走速度比三隻腳的我還要慢上許多。

似乎連她自己正在走路這件事也沒有傳達到腦袋裡。

出了會客室，長瀨的眼神還是有點恍神、失焦。

我丟下頭腦線路被燒毀的長瀨，轉身離去。

……因為分手的談判已經結束了。

我把最後的招呼交給嘴唇：

「掰掰，要多珍惜家人喔。」

「阿——道——！」

悠閒地在自己的病房中徘徊的麻由，鎖定房門打開後出現的我撲了過來。看來回家的準備已經辦妥，身上已經背著背包。

「我可沒有養龍龍與忠狗裡面的那隻狗，別那樣悲壯地叫我。」

感覺最後會有赤裸天使降臨，不過我以非法侵入的罪名把天使趕走。

「終於可以回家了，小麻等到快瘋掉了。」

到現在對貼在我臉上的繃帶一個字都還沒提的麻由露出微笑。

麻由的受傷部位是雙手和頭部，我是右肩和臉上各部位以及頭部。兩人即將出院且似乎根本忘記自己是為什麼住院的身影，暗淡地映照在麻由身後的電視上。

「還好還趕得上聖誕節——」

「嗯?嗯，說得也是。」

我三歲的時候，媽媽為我逐一解說聖誕老公公的真實身分，奪走了我的夢想。

「而且待在這種地方，聖誕老人才不會來呢!」

麻由這樣抱怨。不過說不定那個白鬍子老爺爺為了日後參考用會先來這個房間瞧瞧。畢竟他年事已高，應該考慮住院的可能性。有其母必有其子，我心中浮現一點都沒有幻想性的感慨。

我的想法先擱置，原來麻由將翱翔天空的馴鹿信以為真地信奉著。而且從她不覺討厭的態度和口吻，可以看出她並不把聖誕老公公當做「生物」。

「聖誕老人啊……麻由有想要的東西嗎?」

我基於禮貌詢問，不過她的慾望能不能實現就很難說了。

麻由緩緩左右搖頭。

「沒有，已經沒有囉。」

麻由的否定很徹底，不帶絲毫懷疑。

「到去年為止，我每年都向聖誕老公公拜託，不過現在我什麼願望都沒有了。」

她說——因為我有阿道，接著再次抱住我。

我可不能因為被這一連串的言語而縈繞心頭的感動給感化，流著歡喜的淚水微笑，所以只是說著「是嗎？是嗎？」撫摸麻由的背。

我看向窗外，被似乎馬上會下起初雪般灰濃的雲覆蓋著的天空形成一幅風景畫。不過因為我們會搭計程車，所以無所謂，不知道長瀨有沒有帶傘，應該沒問題吧？

「…………………」

就算回想許多過去的事。

我也早已失去以前能讓我蹙眉的痛苦。

長瀨透對我來說，已經只是個記載在回憶裡的過去。

就像我遇到的那幾具屍體。

回憶這種東西就像羈絆的墓地嘛！

「雖然阿道以前說沒有，但是其實還是有聖誕老人嘛！」

麻由露出誇耀自身信心的笑容。

感性方面雖然和菅原不吻合，不過思考說不定其實差不多。

「嗯，一定有的。」

不過是騙她的。因為我沒辦法像我媽媽那樣。

就這樣，我和麻由肩並肩但沒有手牽手地走出病房。

和這個只以與阿道之間的羈絆當做活下去基礎的少女。

還有我希望我成為的那個自己。

「回家吧！」

回到我們的居所。

真想回去——某人低聲呢喃。

後記

因為似乎招致各位的誤會，因此我再次說明。在第一集的書衣上寫著問題作品的意思是，編輯部內心「別把這種書拿來我們公司！」的想法。就是大企業不想處理收件人不明的包裹的那種感覺。不過大概是騙你的。

接下來是後記。初次見面的各位讀者大家好。

關於本作，才第一集，編輯就開玩笑地說要在結尾加上「故事終於進入高潮！」或是「第一部・完」的字眼。我心想這樣應該也不錯，結果確認之後，發現編輯什麼也沒做就出版了。

如果問我這部作品最讓我頭大的是哪個部分，我會說是得出版下一集，因為構想故事內容讓我好痛苦。投稿小說大賞時我曾夢到得獎後要怎麼花獎金，甚至夢到我在練習被邀請到無人島上聯誼時該有的表現。如果可以，我真希望可以把我這荒唐的腦袋徹底粉碎。言歸正傳。也就是說我根本沒有意識到自己的作品會被出版，所以要想出續集實在很辛苦。

對經手這本書的兩位編輯，我除了感謝之外沒其他的話好說。就像前集所寫，我因為能繼續出書而感到安心，讓我在此再次請兩位多多指教。

還有負責插畫的左老師。第一次見面的時候我被老師的年齡給嚇到。我每次都很期待插畫和封面的草稿寄來，謝謝你。

還有去編輯部討論時端茶招待我的那幾位、名古屋車站附近的章魚燒店員、像催債的口氣追問「還沒拿到版稅嗎？」的父母，還有其它很多人都是造就今日的我的要素。多謝大家。

另外還要對感受這本書的重量的讀者們獻上最高的感謝。

再次深深地謝謝大家。

入間人間

Kadokawa Light Novels

糖果子彈 A Lollypop or A Bullet （全一冊）

Kadokawa Fantastic Novels

作者：櫻庭一樹　插畫：むー

全才型輕小說作家——櫻庭一樹
震撼人心的新感覺黑暗夢幻小說！

生活在偏僻鄉村，只想趕快畢業、步入社會的現實主義者．山田渚，和主張自己是人魚、有點不可思議的轉學生．海野藻屑。兩位13歲少女在真實與謊言、現實與幻想交織的短短一個月中，將青春吶喊化作糖果子彈，震撼你直到靈魂深處！

NT$180/HK$50

台湾角川

Kadokawa Light Novels

消極的快樂、電鋸的邊緣（全一冊）

Kadokawa Fantastic Novels

作者：滝本竜彦　插畫：安倍吉俊

日本第五屆角川學園小說大賞特別賞
《歡迎加入ＮＨＫ！》作者的青春處女作！

山本陽介是個平凡的高中生，平日就像無頭蒼蠅找不到目標。某天遇上一名水手服美少女雪崎繪理，她夜夜和非人類的邪惡電鋸男戰鬥著，於是陽介決定加入和她並肩作戰。兩人在日常及非日常生活的狹縫中，逐漸拉漸距離……滝本竜彥處女作，堂堂登場！

NT$180/HK$50

台湾角川

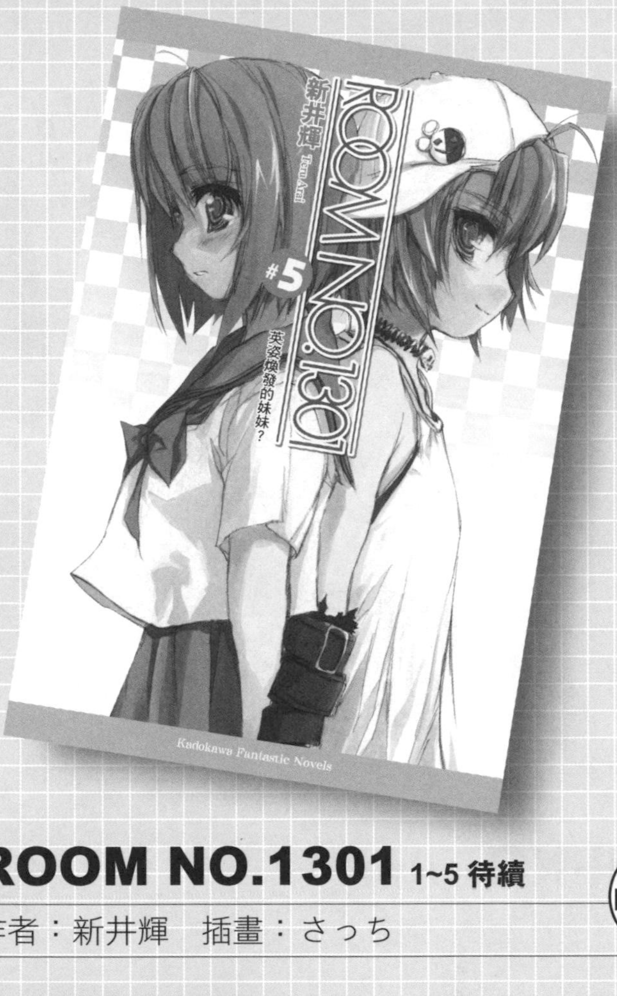
新井輝
Teru Arai
ROOM NO.1301
#5
英姿煥發的妹妹？
Kadokawa Fantastic Novels

Kadokawa Light Novels

仰望半月的夜空 1~8

Kadokawa Fantastic Novels

作者：橋本 紡　插畫：山本ケイジ

感謝讀者陪伴裕一與里香一路走來……
令你意猶未盡的番外篇壓軸登場

第4屆電擊小說大賞金賞得主橋本紡獻上的青春愛情物語。改編漫畫、動畫、電視劇均受好評。除了全新未發表的番外篇「雨」的後篇，還加上「蜻蜓」、「市立若葉醫院淫書騷動始末記」以及「你的夏天、已然離去」等三篇番外篇的第二本「半月」短篇集。

各 **NT$180~200/HK$50~55**

台湾角川